AF553003

जानिए
उपनिषदों को

जानिए उपनिषदों को

रामकिशोर वाजपेयी

प्रकाशक : **विद्या विकास एकेडेमी**
३६३७ नेताजी सुभाष मार्ग दरियागंज, नई दिल्ली-११०००२
 • संस्करण : २०२२ • मूल्य : दो सौ पचास रुपए
मुद्रक : एस.बी.एम.इंडस्ट्रीज प्राइवेट लिमिटेड (www.sbmprints.com) ISBN 978-93-84343-94-1

JANIYE UPANISHADON KO
by Shri Ramkishore Vajpayee ₹ 250.00
Published by **VIDYA VIKAS ACADEMY**
3637 Netaji Subhash Marg, Darya Ganj New Delhi-110002

वात्सल्य-मूर्ति पिता
पं. भीमशंकर वाजपेयी
एवं
ममत्वशीला माता
श्रीमती फूलदुलारी
की सश्रद्ध स्मृति में

परंपरा–स्तवन

ब्रह्मविद्या के पुरस्कर्ता आचार्य प्रजापति ब्रह्मा से

हमारे पूज्य चरण गुरुदेव पर्यंत

जितने भी तपोनिष्ठ आचार्य

उपनिषदों, पुराणों, स्मृतियों और श्रेष्ठ ग्रंथों में

अपने अमृत अवदान से

विद्या–परंपरा का पल्लवन करते रहे हैं,

उनके प्रति नमन है, नमस्कार है।

प्रस्तावना

उपनिषद् क्यों पढ़ें? यह एक सुंदर प्रश्न है। इस प्रश्न के गर्भ में जिज्ञासा के दर्शन तो पहले से ही हो रहे हैं और उपनिषद् पढ़ने की पहली अर्हता यही है। उपनिषदों में क्या है? यह प्रश्न कुछ जटिल अवश्य है। जीवन के परम पुरुषार्थ को प्रकट करनेवाली उपनिषदें अपनी ब्रह्म-विद्या के लिए सभी को आकर्षित करती हैं। उपनिषदों में आत्मज्ञान के निरूपण की विधि क्या है? इस प्रश्न के लिए यह कहना पर्याप्त है कि जिस विधि से आप विषय को समझना चाहते हैं, वही उपनिषदों के निरूपण की विधि है। उपनिषद् किसके लिए हैं? इसका उत्तर यही है कि उपनिषदों में उपासना संबंधी न तो कोई आग्रह है और न कोई दुराग्रह। निष्पक्ष और निर्भय होकर ऋषियों ने तत्त्व-चिंतन और तत्त्व-विवेचन को उपनिषदों का उद्देश्य बनाया है। इसी कारण सभी कालों, सभी देशों और सभी लोगों के लिए अति प्राचीन उपनिषद् आज भी सबसे अधिक नित्य नूतन विचारवाले अत्यधिक प्रासंगिक ग्रंथ हैं।

कभी-कभी आश्चर्य होता है, लेकिन यह सच है कि विश्व की सर्वश्रेष्ठ चिंतन-संपदा उपनिषदों के रूप में हमारे पास है। इसमें भाषा और भाव श्रेष्ठतम हैं तथा अभिव्यक्ति और अभिव्याप्ति भी अति व्यावहारिक है।

पुस्तक के पूर्व भाग में उपनिषदों के बारे में कुछ प्रस्तावनाएँ हैं और उत्तर भाग में प्रसिद्ध उपनिषदों के सार-संक्षेप हैं। उपनिषदों के संदर्भ

में एक स्थान पर संक्षेप में सभी तरह की सामग्री एकत्रित करने का यह एक प्रयत्न मात्र है। विश्वास है कि पाठक इसके माध्यम से उपनिषदों के अध्ययन की उत्सुकता को तीव्रतर कर सकेंगे।

गुरु पूर्णिमा
संवत २०७५

—रामकिशोर वाजपेयी

अनुक्रम

उपनिषदीय शंखनाद

उपनिषद् प्राचीन भारत के ऐसे आध्यात्मिक ग्रंथ हैं, जिनमें आत्म दर्शन का उपदेश है, आत्मा की अमरता का संदेश है। सृष्टि के प्रारंभ से ही दु:ख एवं मृत्यु से छुटकारा पाने के लिए मानव प्रयत्नशील रहा है। उसके इन प्रयत्नों में ही जन्म के मूल कारण की खोज उसका प्रथम लक्ष्य रहा है। मृत्यु और संसार-बंधन से मुक्त होने की इस विकलता ने ही अमृत-स्वरूप ज्ञानवाले उपनिषदों तक हमें पहुँचाया है। उपनिषदों के परमार्थ की चर्चा करते हुए कांचीकामकोटि के शंकराचार्य ने लिखा है—"उपनिषदों ने ही सबसे पहले घोषणा की कि दु:ख का मूल जन्म है, जन्म का मूल कर्म है, कर्मों का मूल राग-द्वेष है। राग-द्वेष का मूल दूसरे का भान है और दूसरे के भान का मूल मिथ्या ज्ञान है। इसी मिथ्या ज्ञान को उपनिषदों ने अज्ञान कहा है। अज्ञान का निवारण ज्ञान से ही संभव है और यही ज्ञान उपनिषदों का मूल विषय है।"

उपनिषदों का संदेश समस्त विश्व के लिए है, संपूर्ण मानवता के लिए है। यह सार्वभौमिक भी है और शाश्वत भी। स्वामी विवेकानंद ने कहा है, "उपनिषद् कहते हैं—हे मनुष्य! तेजस्वी बनो, वीर्यवान् बनो, उठकर खड़े हो जाओ। जगत् के साहित्य में केवल इन्हीं उपनिषदों में 'अभी:' (भय-शून्य) यह शब्द बार-बार व्यवहृत हुआ है—और संसार के किसी शास्त्र में ईश्वर अथवा मानव के प्रति 'अभी:'—'भय-शून्य' यह विशेषण प्रयुक्त नहीं हुआ है। 'अभी:'—निर्भय बनो।"

भारतीय ऋषियों ने उपनिषदों में इंद्रियातीत अनुभवों का अनोखा संकलन किया है। इनका विषय वास्तव में दुरूह और कठिन है; लेकिन इनकी भाषा, भाव और अभिव्यक्ति सरल व सहज है। इसी कारण इनमें चर्चित सभी विषय यद्यपि बहुत सूक्ष्म हैं और चिंतन की अंतिम गहराई तक उनकी पैठ है, किंतु आश्चर्य यह है कि उपनिषदों में तत्त्वात्मक विवेचनवाले विषय भी बोधगम्य हैं। उपनिषद् आत्मा का तात्त्विक विवेचन करते हुए पहले मन को निर्मल बनाने का परामर्श देते हैं, फिर चित्त को शांत रखने का उपाय बताते हैं और अंततः आत्मबोध का अनुभव करा देते हैं।

उपनिषदों की विशेषता यही है कि ये केवल मनसा-वाचा-कर्मणा दिव्य, पवित्र और शुद्ध होने की प्रेरणा ही नहीं देते, बल्कि हमें उसे पाने की शक्ति से संपन्न भी करते हैं। उपनिषदों की खोज है कि अतींद्रिय होते हुए भी आत्मबोध न तो रहस्यात्मक है और न ही अप्राकृतिक। स्वामी रंगनाथानंद ने कहा है, ''उपनिषदों ने भारतीय संस्कृति और चिंतन को न केवल एक स्थायी दिशा दी, बल्कि पूर्व और पश्चिम के परवर्ती दर्शनों को भी मार्ग दिखाने के लिए एक मशाल जला दी।''

उपनिषद् की कथाएँ एक अलग प्रकार की बोध कथाएँ हैं। इनमें ऋषियों के व्यक्तिगत जीवन की कोई कहानी नहीं है, बल्कि मानव मन की प्रवृत्तियों की झाँकी है और विचारों का संघर्षपूर्ण संवाद है, जो युक्ति-युक्त है और सत्यं-शिवं-सुंदरम् के आदर्श को भी अपनाए हुए है। सबसे बड़ी विशेषता उपनिषदों की यह है कि इनमें सैद्धांतिक विचारों को अनुभवगम्य बनाने के लिए बहुत व्यावहारिक रूप में प्रस्तुत किया गया है। उपनिषदों ने सभी पूर्वाग्रहों को छोड़कर सत्य की खोज के लिए किसी प्रकार के त्याग को बड़ा नहीं माना, ऐहिक सुख को आड़े आने नहीं दिया और स्वर्गिक आनंद को भी ठुकराने का साहस दिखाया है।

यह सच है कि उपनिषदों को पढ़े बिना उनकी महिमा को समझ पाना कठिन है। उन्हें पढ़ने के बाद अनेक आलोचक और विद्वान् इतने

अभिभूत हुए कि वे अपने को इनकी प्रशंसा करने से रोक नहीं पाए। 'रिलीजन ऑफ द वेद' के लेखक ब्लूमफील्ड ने लिखा है—"अवैदिक बौद्ध धर्म से लेकर हिंदू विचार तक कोई मुख्य रूप नहीं है, जिसका उपनिषदों में मूल नहीं मिलता।" हरिभाऊ उपाध्याय कहते हैं कि "उपनिषदों ने जो हमें दिया है, वह संसार के किसी ग्रंथ ने शायद उनसे पहले नहीं दिया था। इन ग्रंथों से मैंने यह सीखा कि सब में एक ही आत्मा समाई हुई है।"

स्वामी करपात्रीजी महाराज के शब्दों में—"उपनिषदों के महातात्पर्य का विषय अदृश्य, अग्राह्य, अलक्षण, अचिंत्य, अव्यपदेश्य परात्पर शुद्ध ब्रह्म ही है।" रॉबर्ट अर्नेस्ट ह्यूम ने लिखा है—"सत्य की खोज करने की उत्सुकता उपनिषदों की आनंदमयी और प्रशंसनीय विशेषताओं में से एक है।"

ग्रंथ लिखने की अनेक विधाएँ हैं। विषय निरूपण के दृष्टि से उपनिषद् भी वस्तुतः अपने-आप में एक शैली है, विधा है। इस विधा में प्रश्न उठाने की पहली अपेक्षा होती है और इसके लिए संशय से भरा हुआ एक शंकालु मन चाहिए। अनुशासन व धैर्य के साथ निर्भीकता और गहन विचार की क्षमता इसकी दूसरी अपेक्षा है। अंतस से उठनेवाली जिज्ञासा को तृप्त करनेवाले निर्णय को स्वीकार करनेवाली तर्कनिष्ठ बुद्धि प्रश्नकर्ता की तीसरी अर्हता है। इन तीनों को यदि एक शब्द में कहना हो तो भारतीय ऋषि उसके लिए 'श्रद्धा' शब्द का प्रयोग करते हैं। इस श्रद्धा में विश्वास है, लेकिन अंधविश्वास बिलकुल नहीं है। श्रद्धा में मानना तो है, लेकिन जानने के बाद।

उपनिषदों के मंतव्य एक प्रकार के शंखनाद हैं। इनमें ध्वनि की तीव्रता है और संगीत की मृदुलता है। ध्वनि की तीव्रता प्रश्नकर्ता को सांसारिक आकर्षणों से हटा देती है और संगीत की मृदुलता आत्मानंद का अनुभव कराती है। गुरुदेव रवींद्रनाथ टैगोर कहते हैं, "उपनिषद् के शब्द सत्य की गहराई से निकलते हैं।" आचार्य शंकर के अनुसार,

''उपनिषद् क्या है, सो श्रुति बतलाती है—'सत्य का सत्य।' '' इसी की व्याख्या में स्वामी विवेकानंद कहते हैं कि ''मनुष्य मूल से सत्य पर नहीं जाता, बल्कि सत्य से सत्य पर जाता है—निम्न सत्य से उच्च सत्य पर। इसीलिए उपनिषद् अनात्म जगत् को सत्य कह देते हैं और फिर आत्मा को सत्य का सत्य।''

यह बहुत स्पष्ट प्रतिपादन उपनिषदों में है कि संसार का कोई भी विषय गूढ़ नहीं है, क्योंकि कोई भी सत्य हमारे दैनिक जीवन से दूर नहीं है। यह हमारा सामान्य अनुभव है कि आत्मा सतत साक्षी भाव से सदैव सत्य का उद्घोष करती रहती है। इसी कारण उपनिषदों का लक्ष्य शुष्क ज्ञान नहीं है, बल्कि अपने-आप की खोज करना है।

वियोगी हरि मानते हैं, ''इन ग्रंथों में ऐसा सामर्थ्य है, जो मानव को उनके अनुसार विचार तथा आचरण करने से सबसे ऊँचे शिखर पर पहुँचा सकते हैं।'' प्रसिद्ध तत्त्ववेत्ता शॉपेनहर का स्पष्ट मत है, ''सारे संसार में उपनिषद् ग्रंथों के समान कोई ऐसा ग्रंथ नहीं है, जिनमें मानव जीवन को इतना ऊँचा उठाने की क्षमता हो।'' इसी के समतुल्य पाश्चात्य विचारक पॉल डायसन का कथन है, ''उपनिषदों का दार्शनिक मंथन न सिर्फ भारत में, बल्कि शायद सारी दुनिया में बेजोड़ है।'' पाश्चात्य दर्शन से तुलना करते हुए महान् चिंतक फ्रेडिक श्लेगल की टिप्पणी है, ''उपनिषदों के आगे पाश्चात्य तत्त्व-दर्शन को ऐसा समझना चाहिए जैसे प्रचंड सूर्य के सामने एक टिमटिमाता दीपक।'' अपनी प्रतिक्रिया में एल्डस हक्सले ने भी लिखा है—''संपूर्ण तत्त्व-ज्ञान का मूल उपनिषदों के अंतर में देखा जा सकता है।''

इन सभी वक्तव्यों से यह सिद्ध होता है कि उपनिषदों की श्रेष्ठता और सर्वोत्तमता को निर्विवाद रूप से सारा संसार मानता है। उपनिषद् प्राचीन भारत के तो अमूल्य रत्न हैं ही, लेकिन ये आज भी प्रासंगिक हैं; क्योंकि इनमें शोध करने की गंभीर प्रवृत्ति है, तथ्य को ढूँढ़ने की निष्ठा है, सत्य को खोजने का धैर्य है और ज्ञान-विज्ञान की गहरी समझ

है। इंद्रिय ज्ञान को उपनिषद् पशु-ज्ञान कहते हैं और इसके ऋषि प्रकृति की छिपी व रहस्यात्मक शक्तियों को पहचानने का जो आध्यात्मिक मनोविज्ञान प्रकट करते हैं, वही उपनिषदों को विशिष्टता प्रदान करता है और वही इन्हें संपूर्ण विश्व के लिए कल्याणकारी सिद्ध करता है।

□

उपनिषद् का शब्दार्थ

भारतीय दर्शन और अध्यात्म में कुछ ऐसे शाश्वत प्रश्न हैं, जो यदि जिज्ञासा बन जाएँ तो जीवन में गुणात्मक परिवर्तन होने लगता है। 'तत्त्व किम्' अर्थात् तत्त्व क्या है? परा विद्या क्या है? ब्रह्म-विद्या क्या है? जीवन में बंधन का कारण क्या है? मुक्ति का हेतु क्या है? विश्व की श्रेष्ठतम विद्या कौन है? मानव के लिए परम पुरुषार्थ क्या है? ये और इसी प्रकार के प्रश्न जब जिज्ञासा बनते हैं तो जीवन को आध्यात्मिकता की ओर मोड़ देते हैं। इस प्रकार की जिज्ञासाओं के समाधान के लिए तीन प्रकार के मार्गों का उल्लेख है, जिन्हें वेदांत की शब्दावली में प्रस्थान-त्रयी कहते हैं। प्रस्थान-त्रयी का तात्पर्य तीन प्रकार के ग्रंथों में से किसी एक से अध्ययन प्रारंभ करना है। ग्रंथों का चुनाव श्रुति, स्मृति और न्याय के ग्रंथों से किया गया है। श्रुति-प्रस्थान उपनिषद् हैं। स्मृति-प्रस्थान श्रीमद्‌भगवद्‌गीता है और न्याय-प्रस्थान ब्रह्मसूत्र है। प्रस्थान-त्रयी हमारा परिचय उस ऋषि चेतना से कराती है, जिसमें संसार का सत्य प्रकट हुआ है, जीव और जगत् के मूल तत्त्व का ज्ञान हुआ है तथा आत्मा व ब्रह्म के स्वरूप का बोध हुआ है।

आज के भौतिक युग में जैसे रेडियो, टेलीविजन, टेलीफोन, कंप्यूटर, इंटरनेट आदि यंत्रों की तकनीक से हजारों मील के दूरस्थ शब्द और दृश्य ज्यों-के-त्यों सुनाई व दिखाई देते हैं, उसी प्रकार प्राचीन ऋषियों ने अपने अंत:करण में जीवन के परम पुरुषार्थ को देख और समझ

लिया था। संसारी लोगों पर करुणा करके उन्होंने अपने वे अनुभव अपने शिष्यों को बतलाए। भारतीय वाङ्मय में ऐसे ऋषि मंत्रद्रष्टा कहलाए और उनके वचन 'आत्म-वचन' अर्थात् 'श्रुति'।

वेदों का अंतिम भाग होने के कारण उपनिषदों को श्रुति ही माना जाता है। ज्ञान कांड से संबंधित उपनिषदों का वैदिक वाङ्मय में महत्त्वपूर्ण स्थान है। अध्यात्म विद्या, आत्मविद्या या ब्रह्मविद्या उपनिषदों का मूल विषय है। विद्वानों ने वेदों के चार भाग किए हैं। पहला मंत्र भाग है, जिन्हें संहिताएँ कहा जाता है। दूसरा ब्राह्मण भाग है, जिसमें यज्ञ और कर्मकांड से संबंधित विधि ग्रंथ है। तीसरा आरण्यक भाग है, जिसमें उपासना के ग्रंथ हैं। चौथा और अंतिम भाग उपनिषदों के रूप में ज्ञानकांड है।

प्राचीन उल्लेखों के अनुसार, ऋग्वेद की २१ शाखाएँ हैं। सामवेद की १०००, यजुर्वेद की १०१ तथा अथर्ववेद की ९ शाखाएँ हैं। ऐसी मान्यता है कि प्रत्येक शाखा का अलग-अलग एक ब्राह्मण, एक आरण्यक और एक उपनिषद् ग्रंथ भी था। इस प्रकार कुल मिलाकर ११३१ संहिताएँ, ११३१ ब्राह्मण, ११३१ आरण्यक और ११३१ उपनिषद् होने चाहिए; लेकिन काल के प्रभाव से संहिताओं की ७-८ शाखाएँ ही उपलब्ध हैं।

दाराशिकोह कृत 'सिर्रे अकबर' (५० उपनिषदों की फारसी व्याख्या) के अनुवादक डॉ. हर्ष नारायण के अनुसार, ''कहते हैं कि प्रत्येक शाखा का अपना ब्राह्मण था, किंतु केवल लगभग डेढ़ दर्जन ब्राह्मण काल-कवलित होने से बच गए हैं। उपलब्ध आरण्यकों की संख्या और भी कम है।''

बहुत खोजबीन के बाद जो उपनिषद् अभी तक मिल सकी हैं, उनकी अधिकतम संख्या को लेकर विद्वानों में मतभेद है। शास्त्री गजानंद शंभू शाधले द्वारा संकलित 'उपनिषद् वाक्य महाकोश:' में २३९ उपनिषदों का उल्लेख है। थियोसोफिकल सोसाइटी के अड्यार

(चेन्नई) पुस्तकालय में १७९ उपनिषदों का संकलन है। गीताप्रेस, गोरखपुर के २३वें वर्ष जनवरी १९४९ के विशेषांक 'उपनिषद् अंक' में पृष्ठ १५३ से १५६ तक अकारादि क्रम से २२० उपनिषदों की सूची दी गई है, जिसमें अनेक अनुपलब्ध उपनिषदों को भी सम्मिलित किया गया है। अधिकतर विद्वान् उपनिषदों की संख्या केवल १०८ मानते हैं, जिनका उल्लेख शुक्ल यजुर्वेद की मुक्तिकोपनिषद् में है।

प्रकाशित उपनिषदों का सबसे बड़ा संग्रह 'ईशादिविंशोत्तर-शतोपनिषद्' (१२० उपनिषदें) शीर्षक में निर्णय सागर प्रेस, बंबई ने पाँच संस्करणों में प्रकाशित किया था, जिसका अंतिम संस्करण नारायण आचार्य के संपादकत्व में १९४८ में प्रकाशित हुआ। इस संग्रह में ६८ अन्य और उपनिषदों का संकलन 'उपनिषत्संग्रह' दो भागों में मोतीलाल बनारसीदास ने जगदीश शास्त्री के संपादकत्व में प्रकाशित किया है।

उपनिषद् की परिभाषा—

संस्कृत भाषा की यह विशेषता है कि इसके शब्दों का अर्थ व परिभाषा शब्द के अक्षरों और पदों में छिपी रहती है, जिसे व्याकरण-शास्त्र के जानकार सरलता से खोल लेते हैं। इस विधि को व्युत्पत्ति करना कहते हैं। व्युत्पत्ति से पता चलता है कि शब्द की धातु क्या है, उसके पदों की संख्या व संधि क्या है और शब्द के उपसर्ग, प्रतिसर्ग, प्रत्यय आदि क्या हैं ? इस दृष्टि से विचार करने पर 'उपनिषद्' शब्द की व्याख्या कई प्रकार से की गई है। 'उपनिषद्' शब्द में तीन पद—उप, नि और षत् हैं। 'उप' से आशय है—उपपत्ति अर्थात् यह विश्वास कि क्या करना चाहिए। 'नि' निश्चय से संबंधित है और 'षत्' क्रियावाचक पद है। इसके अनुसार, 'उपनिषद्' शब्द का अर्थ है कि उपपत्ति के द्वारा जो बात निश्चित रूप से आत्मा में बैठ जाती है, वह उपपत्ति (उप) पूर्विका निश्चय (नि) प्रतिपत्ति (षत्) है अर्थात् श्रद्धा एवं विश्वास के साथ काम करवानेवाले सिद्धांत उपनिषद् हैं। मोतीलाल शास्त्री 'उप'-'नि'-'षत्' इन तीनों विभागों का क्रमशः उपपत्ति-निश्चय-स्थिति अर्थ करते हैं।

डॉ. राजबली पांडेय कृत 'हिंदू धर्म कोश' के अनुसार, 'उपनिषद्' शब्द 'उप+नि+सद्+क्विप' से बना है, जिसका अर्थ गुरु के निकट (रहस्यमय ज्ञान की प्राप्ति के लिए) बैठना। डॉ. पांडेय के मत से, ''उपनिषद् वह साहित्य है जिसमें जीवन और जगत् के रहस्यों का उद्घाटन, निरूपण तथा विवेचन है।'' स्वामी पुरुषोत्तम नरसिंह भारती के शब्दों में, ''उपनिषद् का अर्थ है—अध्यात्म विद्या।'' 'उप' तथा 'नि' उपसर्गपूर्वक 'सद्' धातु में 'क्विप' प्रत्यय जोड़ने पर 'उपनिषद्' शब्द निष्पन्न होता है।'' स्वामी करपात्रीजी महाराज ने परिभाषा दी है, ''प्रत्यक्-चैतन्याभिन्न परब्रह्म को प्राप्त अथवा व्यक्त करानेवाली, निःसंधि बंधनात्मिका चिज्जड-ग्रंथिस्वरूपा अविद्या को शिथिल करनेवाली अविचारित रमणीय नामरूप-क्रियात्मक मायामय विश्व-प्रपंच को समूलोन्मूलन करके जीव की ब्रह्मात्मा को बोधित करानेवाली ब्रह्मविद्या ही उपनिषद् है।''

चक्रवर्ती श्री राजगोपालाचारी उपनिषद् के ''सार तत्त्व को वेदांत कहते हैं।'' स्वामी विशुद्धानंद ने कहा है, ''उपनिषदों का प्रादुर्भाव वेद के अत्युच्च शीर्ष स्थानीय भाग से हुआ है, जिन्हें प्रायः वेदांत, ब्रह्म-विद्या या आम्नाय-मस्तक कहते हैं।'' पं. कृष्णदत्त भारद्वाज के शब्दों में, ''उपनिषद् शब्द का मुख्य अर्थ है उपासना। इस विश्व के उदय, विभव और लय की लीला में लीन परमात्मा के निरतिशय ऐश्वर्य से विमुग्ध प्राचीन ऋषि-मुनियों की भक्ति-भाव-भरित भावनाओं के शब्द चित्रों के समुदाय का नाम ही उपनिषद् है।'' जयदयाल गोयंदका के विचार में, ''उपनिषदों में ब्रह्म के स्वरूप का यथार्थ निर्णय किया गया है और साथ ही उसकी प्राप्ति के लिए विभिन्न रुचि व स्थिति के साधकों के लिए विभिन्न उपासनाओं का प्रतिपादन किया गया है।''

व्याकरण-वेदांताचार्य हरिकृष्ण झा के मत में, ''उपनिषद् शब्द का अर्थ है—उप समीपं निषीदति प्राप्नोति—इति उपनिषद् अर्थात् जिसके द्वारा परम समीपभूत ब्रह्म का साक्षात्कार हो, वह हुआ उपनिषद्।''

याज्ञिक वेणीराम शर्मा के अनुसार, उपनिषद् शब्द उप-उपसर्गपूर्वक तथा 'नि' उप-उपसर्गपूर्वक 'षदल विशरण गत्य वसादनेषु' धातु से निष्पन्न है। नि:शेषतया आत्मतत्त्व के समीप पहुँचा देनेवाली विद्या, इस अर्थ में उपनिषद् शब्द का यथार्थ है।'' आचार्य अक्षय कुमार वंद्योपाध्याय का मानना है कि उपनिषद् जिस परम तत्त्व का वर्णन करते हैं, उसके मुख्यत: दो स्वरूप हैं—एक 'सर्वातीत' और दूसरा 'सर्वकारणात्मक'। सर्वकारणात्मक स्वरूप द्वारा सर्वातीत का संधान होता है और सर्वातीत स्वरूप ही सर्वकारणात्मक स्वरूप का आश्रय है। गोविंद नारायण आसोपा ने कहा है कि उपनिषद्यते-प्राप्यते ब्रह्मात्मभावोद्रनया इति उपनिषद्—अर्थात् जिससे ब्रह्म का साक्षात्कार हो सके, वह उपनिषद् । अमर कोशकार ने उपनिषद् शब्द का अर्थ—''धर्मे रहस्युपनिषद् स्यात्'' लिखा है, जिसका तात्पर्य है कि 'उपनिषद्' शब्द गूढ़ धर्म एवं रहस्य के अर्थ में प्रयुक्त होता है।

अधिसंख्य विद्वान् 'उप'—समीप—'निषत्'—निषीदति—बैठनेवाला मानकर कहते हैं कि उपनिषद् वह है जो उस परम तत्त्व के समीप पहुँचाकर चुपचाप बैठ जाता है। यहाँ समीप पहुँचाने का आशय है कि जो ब्रह्म में विलीन करा दे और 'बैठनेवाले' से अभिप्राय है कि एक बार उपलब्ध होने पर सदा स्थिर रहनेवाला हो। इस प्रकार जीवात्मा को ब्रह्मात्मा में प्रतिष्ठित करनेवाले ज्ञान को उपनिषद् कहते हैं।

डॉ. संतोष आचार्य भारतीय दर्शन कोश में लिखते हैं— ''उपनिषद् का शाब्दिक अर्थ—उप अर्थात् निकट, 'नि' अर्थात् नीचे और 'षद्' का अर्थ है बैठना। अत: उपनिषद् का तात्पर्य है कि गुरु के समीप और उनके चरणों में बैठकर अध्ययनरत होना।'' डॉ. संतोष फिर व्याख्या करते हैं, ''दार्शनिक 'उपनिषद्' शब्द का व्युत्पत्तिमूलक अर्थ भिन्न प्रकार से बताते हैं।'' इनके अनुसार, ''उपनिषद् शब्द 'उप' व 'नि' उपसर्गों के साथ 'सद्' धातु से 'क्विप' प्रत्यय लगाने से बनता है, जिसका अर्थ है—ब्रह्मविद्या के लिए, दृढ़ निश्चय के साथ, गुरु के समीप बैठना।''

वसंतलाल शर्मा मानते हैं, ''उपनिषद् शब्द उप-नि-उपसर्गपूर्वक 'सद्' धातु से बनता है। इस 'सद्' धातु के तीन अर्थ हैं—नाश होना, प्राप्ति और शिथिल करना। इनमें वर्णित ज्ञान पर आचरण करने से सब दु:खों का अत्यंत नाश हो जाता है और नित्य आनंद की प्राप्ति होती है। इसलिए उपनिषद् का मतलब है ज्ञान।'' लगभग इसी प्रकार परिभाषित करते हुए महामहोपाध्याय डॉ. उमेश मिश्र 'भारतीय दर्शन' में कहते हैं, ''वह विद्या या शास्त्र या विषय या पुस्तक, जिसकी प्राप्ति से 'अविद्या' का निश्चित रूप से नाश हो, जो मोक्ष की इच्छा करनेवाले को ब्रह्म या विद्या के समीप ले जाकर उसका साक्षात्कार करा दे और जो संसार के बंधनों को शिथिल कर दे—ये सभी अर्थ 'उपनिषद्' शब्द से निकलते हैं।''

'उपनिषद्' शब्द को लेकर पाश्चात्य और भारतीय विद्वानों में मतभेद है। जर्मन विद्वान् मैक्समूलर उपनिषद् के गूढ़ार्थ को जानने पर अधिक जोर देते हैं। उनके अनुसार, 'उपनिषद्' शब्द चार अर्थों में प्रयोग किया जाता है। पहला अर्थ उन गुह्य अथवा रहस्यात्मक व्याख्याओं से है, जो या तो सत्यात्मक हैं अथवा मिथ्यात्मक। उपनिषद् का दूसरा अर्थ इनकी व्याख्याओं से प्राप्त होनेवाला ज्ञान है। मैक्समूलर के मत से 'उपनिषद्' शब्द का तीसरा अर्थ है कि इसके ज्ञान को जाननेवाले के द्वारा व्यावहारिक जीवन में अपनाए जानेवाले व्रत और नियम। मैक्समूलर का चौथा अर्थ है कि उपनिषद् ऐसे ग्रंथ हैं, जिनमें तात्त्विक ज्ञान निहित है। उसका यह भी मानना है कि 'सद्' धातु के पहले 'उप' और 'नि' उपसर्गों के योग से बने 'उपनिषद्' शब्द में 'उप' का अर्थ समीप है और 'नि' का अर्थ नीचे बैठना है। इस प्रकार मैक्समूलर के अनुसार, 'उपनिषद्' शब्द का अर्थ—शिष्य का गुरु के समीप नीचे बैठकर शिक्षा ग्रहण करना है।

शॉपेन हावर के अनुसार, ''संपूर्ण विश्व में उपनिषदों के समान जीवन को ऊँचा उठानेवाला कोई दूसरा अध्ययन का विषय नहीं है। इनके अध्ययन से मेरे जीवन को शांति मिली है और इन्हीं से मुझे मृत्यु

में भी शांति मिलेगी।'' शॉपेन हावर उपनिषदों को ऐसे सिद्धांत ग्रंथ कहते थे, जो एक प्रकार से अपौरुषेय ही हैं, क्योंकि ये जिनके मस्तिष्क की उपज हैं, उन्हें निरे मनुष्य कहना कठिन है। डॉ. एनी बेसेंट उपनिषदों को मानव चेतना का सर्वोच्च फल मानती थीं। ओल्डेनबर्ग ने उपनिषद् का अर्थ पहले तो उपासना माना, किंतु उसे संतोष नहीं हुआ और उसने उपनिषदों में उपलब्ध व्याख्याओं को आधार बनाकर उपनिषद् शब्द का अर्थ 'गुप्त संकेत, गुप्त अर्थ, गुप्त शब्द, गुप्त फॉर्मूला, गुप्त शिक्षा' आदि इस तर्क के साथ किया कि भारतीय चिंतकों ने उपनिषद् की व्याख्या 'रहस्यम्' ही माना है।

उपनिषदों के प्रशंसक पॉल डायसन ने ओल्डेनबर्ग की परिभाषा को ठीक नहीं माना और आचार्य शंकर का उल्लेख करते हुए कहा कि उपनिषद् 'जन्मजात अज्ञान का नाश करते हैं और ब्रह्म के समीप ले जाते हैं।' डायसन ने 'इति रहस्यम्' (नृसिंह ८), इति उपनिषद् (तैत्तिरीय २ तथा ३ और महानारायण ६२ से ६४), गुह्य आदेश (छांदोग्य उपनिषद् ३.५.२), परमं गुह्यम् (कठ ३.७ तथा श्वेताश्वतर ६.२२), वेदगुह्योपनिषत्सु गूढम् (श्वेताश्वतर ५.६) तथा गुह्यतमम् (मैत्री ६.२९) आदि शब्दों को उपनिषदों में पाया और इनका गलत निष्कर्ष इस धारणा के साथ निकाला कि पश्चिम में मुख्य विद्या को गोपनीय रखने का चलन ईसा मसीह, पाइथागोरस, हिरेक्लिटस आदि के ग्रंथों में है, वे उपनिषदों की भाँति ही हैं। अपने मत की पुष्टि में डायसन ने टिप्पणी की कि जिस प्रकार शॉपेन हावर यह अपेक्षा करते हैं कि कांट को समझने के लिए उन कठिनाइयों को समझना आवश्यक है जिनसे वह जूझा था। उसका मानना था कि ठीक इसी भाव को उपनिषदों में प्रकट किया जाता है, जब उनमें बार-बार यह दोहराया जाता है कि इन सिद्धांतों को अनधिकारी को नहीं बतलाना चाहिए।

डायसन के वक्तव्य की बहुत आलोचना हुई, क्योंकि गुप्त शिक्षाएँ, गुप्त नीतियाँ और गुप्त विद्याओं के समान उपनिषदों में प्रयुक्त 'रहस्यम्'

शब्द नहीं है। उपनिषदों में पात्रापात्र का विचार अवश्य है, लेकिन 'रहस्य' को रहस्य नहीं रखा गया है। उसे स्पष्ट रूप से और कई प्रकार से प्रकट किया गया है। भारतीय ग्रंथों में किसी तथ्य को गुप्त रखने की परंपरा नहीं है। चंद्रबली त्रिपाठी ने 'उपनिषद् रहस्य' में लिखा है कि जो मंत्रों में प्रतिपादित ब्रह्म को नहीं जान पाता, उसके लिए ऋचा ही क्या करेगी अर्थात् मंत्रों के शब्दों को रटने से कुछ नहीं होने वाला, उन मंत्रों के मर्म को जानना चाहिए। चंद्रबली त्रिपाठी अपने तर्क को आगे बढ़ाते हुए लिखते हैं— ''यदि अंग्रेजी भाषा की शब्दावली का प्रयोग करना हो तो कहेंगे कि वेदों में Latent हैं, Patent नहीं हैं तथा उन-उन स्थानों में औपनिषदिक वक्ता उन्हें Patent कर रहे हैं। इस संदर्भ में छांदोग्य उपनिषद् के सातवें अध्याय की वह आख्यायिका उल्लेखनीय है, जब उपदेश की आकांक्षा से श्री सनत्कुमारजी के पास आकर देवर्षि नारद ने कहा कि वे मंत्रवेत्ता तो हैं, लेकिन आत्मवेत्ता नहीं हैं।''

डॉ. राधाकृष्णन ने 'उपनिषद्' शब्द की व्याख्यावाले आचार्य शंकर के मंतव्यों का उल्लेख तो किया है, लेकिन उनका पूर्वाग्रह पश्चिम के विचारकों के साथ है। वे 'उपनिषद्' शब्द को उपासना और भक्ति के अर्थ में ही स्वीकार करते हैं। 'वैदिक साहित्य' पुस्तक में रामगोविंद त्रिवेदी की परिभाषा जानने योग्य है, क्योंकि उन्होंने 'उपनिषद्' शब्द में तीन के बजाय दो ही पद—'उप' और 'निषद्' माने हैं। उनके अनुसार, परम तत्त्व ब्रह्म है और उसके समीप पहुँचाकर स्थिर करनेवाला ज्ञान ही 'उपनिषद्' है।

कठोपनिषद् के शांकर भाष्य के प्रारंभ में ही कहा गया है— ''विशरण अर्थात् नाश, गति और अवसादन अर्थात् शिथिल करना—इन तीन अर्थोंवाली तथा 'उप' और 'नि' उपसर्गपूर्वक एवं 'क्विप' प्रत्ययांत 'सद्' धातु का 'उपनिषद्', यह रूप बनता है।'' आचार्य शंकर के अनुसार प्रतिपाद्य और वेद्य ब्रह्म विषयक विद्या का प्रतिपादन उपनिषद् करते हैं और ''इस प्रकार ब्रह्म के पास पहुँचानेवाली होने के कारण

इस अर्थ के योग से भी ब्रह्मविद्या उपनिषद् है।''' और स्वर्गलोक रूपी फल की प्राप्ति के कारण रूप से लोकांतरों में पुनः-पुनः प्राप्त होनेवाले गर्भवास, जन्म और वृद्धावस्था आदि उपद्रव-समूह को शैथिल्य करनेवाले हैं, अतः अग्नि विद्या भी 'सद्' धातु के अर्थ के योग से 'उपनिषद्' कही जाती है।''

मुंडक उपनिषद् के भाष्य की भूमिका में भी आचार्य शंकर ने उपनिषद् का अर्थ ब्रह्म विद्या माना है, जो अज्ञान का नाश करती है। उनके शब्दों में, ''जो लोग श्रद्धा-भक्तिपूर्वक आत्मभाव से इस ब्रह्म विद्या के समीप जाते हैं, उनके गर्भ, जन्म, जरा और रोगादि अनर्थ समूहों का यह छेदन करके परब्रह्म की प्राप्ति करा देती है। इस प्रकार संसार के कारण रूप अविद्या आदि का अत्यंत अवसादन करती है। यही 'उप' और 'नि' पूर्वक 'सद्' धातु से बने 'उपनिषद्' शब्द का अर्थ है।''

'तैत्तिरीय उपनिषद्' भाष्य की भूमिका में आचार्य शंकर ने अपने उपनिषद् संबंधी मंतव्य को दोहराया है और कहा है, कि ''ब्रह्म के समीप ले जानेवाली उपनिषद् की विद्या परम श्रेय को उपस्थित करती है।'' आचार्य शंकर बृहदारण्यक उपनिषद् के भाष्य में पुनः लिखते हैं कि ''यह ब्रह्म विद्या अपने में लगे हुए पुरुषों का उनके संसार के कारण सहित अवसादन करती है तथा ब्रह्म विद्या की प्राप्ति का प्रयोजन होने के कारण 'उपनिषद्' शब्द से पुकारी जाती है।''

उपनिषदें जीवात्मा के स्वरूप के साथ ब्रह्म के स्वरूप का ज्ञान कराती हैं। इनमें वे उपाय बताए गए हैं, जो प्राणी को समस्त क्लेशादि दोषों से छुटकारा दिलाते हैं और ब्रह्मभाव में लीन कर देते हैं। एक तथ्य यह भी है कि उपनिषदों को केवल आत्मविद्या के ग्रंथ मानना उचित नहीं है, क्योंकि इनमें वर्णित विषयों में लोक और वेद के सभी भावों का समावेश हुआ है। प्रत्येक कर्म को करने या न करने के लिए उसका जो सिद्धांत होता है, वही उपनिषद् है। पं. मोतीलाल शास्त्री के अनुसार, ''पाश्चात्य भाषा में जिस भाव के लिए 'प्रिंसिपल' शब्द प्रयुक्त

किया जाता है, यावनी भाषा में जिस अर्थ में 'उसूल' शब्द का प्रयोग होता है, वेदों की भाषा में उसी अर्थ में 'उपनिषद्' शब्द प्रत्युक्त हुआ है।'' वेदों में जितने प्रकार के यज्ञों का वर्णन है और उनके करने के जो कारण बताए गए हैं एवं उनका जो प्रकृति-सिद्ध भावों का विज्ञान है, वह विज्ञान ही उपनिषद् कहलाता है। इस प्रकार केवल ब्रह्मविद्या के ग्रंथ ही उपनिषद् नहीं हैं, बल्कि प्रकृति के नियमों में तालमेल रखनेवाले एवं उनका परिचय करानेवाले विज्ञान-सिद्धांत भी 'उपनिषद्' हैं।

यह भी सच है कि उपनिषद् वेदों के चौथे भाग हैं। ये अध्यात्म विद्या के प्रतिपादक हैं। वेदांत के नाम से उपनिषद् ग्रंथ ही प्रसिद्ध हैं और तत्काल मुक्ति देनेवाली ब्रह्मविद्या के लिए इनकी विशिष्ट पहचान है; लेकिन 'उपनिषद्' शब्द का अर्थ और व्यापक मानना पड़ता है। अनेक प्राचीन उपनिषद् आरण्यकों के अंतर्गत मिलते हैं और कुछ उनके परिशिष्ट हैं। इनमें 'बृहदारण्यकोपनिषद्' तो अपने नाम से ही आरण्यक होने का उद्घोष करती है। इसी श्रेणी में ऐतरेयोपनिषद् भी है। इसी प्रकार कौषीतकिब्राह्मणोपनिषद्, त्रिशिख ब्राह्मणोपनिषद् तथा मण्डल ब्राह्मणोपनिषद् स्पष्ट रूप से ब्राह्मण ग्रंथों के अंग हैं। स्मृति-प्रस्थान की श्रीमद्भगवद्गीता वेदों का अंतिम भाग न होने पर भी प्रत्येक अध्याय के अंत की पुष्पिका में अपने को उपनिषद् ही बताती है।

स्वामी विवेकानंद ने स्पष्ट किया है—'' 'उपनिषद्' शब्द का प्रयोग वेदों के मध्य विकीर्ण दार्शनिक प्रकरणों के लिए ही होता है।'' इनमें दार्शनिक प्रकरणों का संकलन हुआ है और उसे वेदांत कहते हैं। स्वामीजी का मानना है कि कुछ उपनिषद् ब्राह्मणों के अंतर्गत हैं, उन्हीं के अंश हैं। उनका तर्क है, ''यह तो हम जानते हैं कि वेद के अनेक भाग सर्वथा अप्राप्य हैं तथा अनेक ब्राह्मण भी नष्ट हो चुके हैं। अत: संभव है कि जो उपनिषद् अब स्वतंत्र ग्रंथ जैसे प्रतीत होते हैं, वे ब्राह्मणों के अंतर्गत रहे हों। ऐसे ब्राह्मण ग्रंथ लुप्त हो गए हैं, मात्र उपनिषद् अवशिष्ट हैं।'' स्वामी विवेकानंद स्वीकार करते हैं, ''कभी-

कभी 'उपनिषद्' शब्द उन ग्रंथों के लिए भी प्रयुक्त हुआ है, जो वेद के अंतर्गत नहीं हैं, जैसे गीता।''

कर्मकांड का प्रतिपादन करनेवाले ब्राह्मण ग्रंथों एवं उपासना कांड के लिए प्रसिद्ध आरण्यकों में सिद्धांत को स्पष्ट करनेवाले प्रकरण वहीं-वहीं पर उपनिषदें अवश्य हैं, लेकिन उन्हें सामान्यतया उपनिषद् नहीं माना जाता। यद्यपि शतपथ ब्राह्मण एवं ऐतरेय आरण्यक में ऐसे अनेक उल्लेख मिलते हैं, जहाँ 'उपनिषद्' शब्द का स्पष्ट प्रयोग देखने को मिलता है। वस्तुत: जिस निमित्त से किसी कार्य में प्रवृत्ति होती है अथवा कराई जाती है, उस प्रवृत्ति का निमित्त उपनिषद् कहलाता है। इसका आशय यह है कि समस्त वैदिक कर्म उपनिषदों पर ही अवलंबित हैं। प्रकृति-सिद्ध जिन विज्ञान-सिद्धांतों का अनुकरण करके यज्ञ कर्म किए जाते हैं, वे उपनिषद् ही कहलाते हैं।

उपनिषद्-विज्ञान भाष्य भूमिका के प्रथम खंड में पं. मोतीलाल शास्त्री के अनुसार, ''यों-त्यों कर्म करने की जिज्ञासा का समाधान जो विज्ञान का सिद्धांत करता है, वह उपनिषद् ही है।'' अपने समर्थन में शास्त्रीजी ने छांदोग्योपनिषद् (१-१-१०) का उद्धरण दिया है, जिसमें कहा गया है, ''विद्या और अविद्या दोनों भिन्न-भिन्न फल देनेवाली हैं, अत: जो कर्म विद्या और श्रद्धा रूपी उपनिषद् के साथ किया जाता है, वही प्रबलतर होता है।''

यदि प्रश्न किया जाए कि देवताओं के लिए स्वाहापूर्वक, पितरों के लिए स्वधापूर्वक, इंद्र के लिए वौषटपूर्वक और मनुष्यों के लिए नम:पूर्वक आहुति क्यों दी जाती है, तो इसका समाधान उपनिषदें ही करेंगी। अमुक कर्म अमुक ढंग से ही करना चाहिए, तभी वह फलप्रद होगा, अन्यथा नहीं।

'उपनिषद्' शब्द की व्यापक परिभाषा तर्कसंगत और तथ्यपूर्ण भले ही हो, लेकिन सामान्य रूप से यही माना गया है कि उपनिषद् वे ग्रंथ हैं, जो अंतिम रूप से तर्कसंगत सिद्धांतों के आधार पर परब्रह्म

के स्वरूप का कभी विस्तार से और कभी सूक्ष्म रूप से निरूपण करते हैं तथा मानसिक स्तर पर तत्त्व-ज्ञान को समझने का अवसर देते हैं।

यह निर्विवादित तथ्य है कि अत्यंत कठिन और दुर्दर्श ब्रह्म का तात्त्विक विवेचन एक असंभव कार्य है और फिर उसे सामान्य पुरुष को भी हृदयंगम करा देना तो और भी असंभव बात है; लेकिन इस संदर्भ में उपनिषद् सफलतम ग्रंथ है। इसका एक कारण यह है कि उपनिषदों में जिस समत्व दृष्टि को अपनाने की शिक्षा है, वह समाज के लिए अति व्यावहारिक और समतामूलक दर्शन है। ब्रह्म के अंश के रूप में सभी प्राणियों को देखना ही समत्व दर्शन है।

समय के लंबे अंतराल में उपनिषदों का महत्त्व निरंतर बढ़ता रहा है। ये केवल भारतीय सनातन ज्ञान के मूल स्रोत ही नहीं हैं, बल्कि संपूर्ण विश्व के महान् चिंतकों को भी प्रेरित करते रहे हैं। इनकी प्रामाणिकता अत्यंत प्राचीन है और देशी-विदेशी विद्वानों को इनके दर्शन, इनकी प्रस्तुति, इनकी वर्णन शैली, आख्यायिकाओं, कथाओं, दृष्टांतों, रूपकों और संकेतों ने सदैव प्रभावित किया है। उपनिषद् केवल बौद्धिक ग्रंथ नहीं हैं। तर्क और विज्ञान इनका चरम लक्ष्य नहीं है, बल्कि ये त्यागमय और सर्वकल्याणकारी भावना के साथ जीवन जीनेवाले ऋषियों-मुनियों की अनुभूतियों के वे फल हैं, जो संपूर्ण मानवता के लिए हितकारी और श्रेयस्कर हैं। अविद्या की जिन तीन शक्तियों—मल, विक्षेप और आवरण—से जीव संसार के बंधन में रहता है, उनसे मुक्ति उपनिषद् सुनने मात्र से ही हो जाती है। निष्काम कर्म की ओर अग्रसरित करके उपनिषद् मन की मलिनता को नष्ट कर देते हैं, चित्त के विक्षेपों का नाश कर देते हैं और तत्त्वज्ञान से आत्मस्वरूप-विस्मरण रूपी आवरण को छिन्न-भिन्न कर देते हैं। स्वामी तेजोमयानंद ने 'हिंदू संस्कृति' में लिखा है—"इस प्रकार उपनिषद् का लक्ष्य अज्ञान-नाश है।" वे आगे फिर कहते हैं, "'उपनिषद्' शब्द किसी ग्रंथ का पर्याय नहीं है, वरन् यह महान् ज्ञान और आत्मज्ञान का द्योतक है।"

उपनिषदों में आत्मज्ञान के निरूपण की विधियाँ

आत्मा-परमात्मा के स्वरूप को जानना और उसे अपने अंदर अपनी अंतरात्मा में अनुभव करना उपनिषदों का मूल विषय है। यह विषय सभी मानवों के लिए इष्ट है। इस विषय का महत्त्व शाश्वत है। शाश्वत से तात्पर्य है कि प्राचीन काल में यही विषय मानव जीवन का परम लक्ष्य था और आज भी आत्मबोध को परम पुरुषार्थ माना जाता है तथा भविष्य में भी इसका ऐसा ही महत्त्व बना रहेगा। संसार में पुरुषों के स्वभाव अनेक प्रकार के होते हैं। इसीलिए भारतीय ऋषियों ने आत्म-साक्षात्कार के लिए केवल एक विधि और एक ढंग नहीं निर्धारित किया। मानव के लिए सदैव प्रासंगिक बनाए रखने के लिए इस शाश्वत विषय को उन्होंने अनेक प्रकार से कहा।

यह सच है कि उपनिषदों में वर्णित ब्रह्म विद्या केवल अध्ययन का विषय नहीं है। संपूर्ण विश्व में संभवत: यह एक ऐसी विद्या है, जिसका महत्त्व तभी समझ में आता है, जब यह व्यावहारिक रूप ले ले। वासनाओं से भरा हुआ पुरुष ब्रह्म विद्या को नहीं प्राप्त कर पाता। इसके लिए अंत:करण का निर्मल और निर्दोष होना आवश्यक है। मानव मनोविज्ञान की इस गुत्थी को हल करने के लिए भारतीय शास्त्रों में कई प्रक्रियाएँ बताई गई हैं, जिनका पालन करने पर उपयुक्त अवसर पर

श्रीगुरु-मुख से ब्रह्म विद्या की उपलब्धि होती है।

उपनिषदों में जिन विधियों से आत्मज्ञान कराया गया है, उनमें प्रमुख विधियाँ इस प्रकार हैं—

१. वक्ता और श्रोता का संवाद
२. प्रश्नकर्ता और समाधानकर्ता
३. शास्त्रार्थ शैली
४. गुरु-शिष्य संवाद
५. प्रतीक विधि
६. कल्पना सूत्र विधि
७. आख्यायिका विधि
८. उपमान् विधि
९. रूपक विधि
१०. अध्यास और अपवाद विधि
११. संश्लेषणात्मक विधि
१२. अरुंधती न्याय विधि
१३. आत्मसंलाप विधि
१४. आधिदैविक विधि
१५. विस्मयकारी विधि
१६. मनोनिवेश विधि
१७. विकल्पात्मक विधि
१८. नेति-नेति विधि।

वक्ता और श्रोता का संवाद

वक्ता और श्रोता के संवाद में वक्ता तो एक होता है, लेकिन श्रोता एक से अधिक हो सकते हैं। इस विधि में संवाद के लिए एक अनुशासन की अपेक्षा है। श्रोताओं के प्रश्न अलग-अलग और कई प्रकार के हो सकते हैं, लेकिन उनकी मूल जिज्ञासा ब्रह्मपरक अवश्य होनी चाहिए।

प्रश्नोपनिषद् में इसका स्पष्ट वर्णन मिलता है। उपनिषद् के प्रारंभ में ही उल्लेख है कि परब्रह्म की खोज को समर्पित भरद्वाज के पुत्र सुकेशा, शिबिकुमार सत्यकाम, गर्गगोत्री सौर्यायणी, कोशल निवासी आश्वलायन, विदर्भ देश के भार्गव और कृत्य के प्रपौत्र कबंधी इस आश्वस्ति के साथ ऋषि पिप्पलाद के पास गए कि वे उन सबकी जिज्ञासाओं को शांत करेंगे। ऋषि पिप्पलाद ने उन सभी के मंतव्यों को जानकर कहा कि तुम सभी तपस्वी हो। तुमने सांगोपांग वेदों का स्वाध्याय किया है; लेकिन अपने प्रश्नों का उत्तर पाने के लिए तुम सभी को मेरे आश्रम में रहकर एक वर्ष तक श्रद्धापूर्वक ब्रह्मचर्य का पालन करते हुए तपश्चर्या करनी होगी। उसके बाद जैसा ज्ञान मुझे है, उसके अनुरूप तुम्हारी जिज्ञासाओं का समाधान करूँगा। ऋषि पिप्पलाद की यही शर्त वक्ता एवं श्रोता का अनुशासनात्मक संबंध है और धैर्यपूर्वक जो इसका पालन करता है, वही उत्तर पाता है। आज 'प्रश्नोपनिषद्' की उपलब्धता इसी विधि का परिणाम है। आज की स्थितियों में भी यह नियम यथावत् व्यावहारिक है। यह वास्तविकता है कि वक्ता और श्रोता यदि अनुशासन विस्मृत करके चर्चा करेंगे तो समाचार-पत्र बनेंगे, उपनिषद् नहीं।

प्रश्नकर्ता और समाधानकर्ता

प्रश्नकर्ता और समाधानकर्ता की संवाद शैली 'केनोपनिषद्' में अपनाई गई है। यद्यपि इस शैली में यह प्रतीत होता है कि प्रश्न के गर्भ में उत्तर समाहित होता है, लेकिन समाधानकर्ता की पुष्टि के बिना उसे स्वीकार नहीं किया जा सकता है। सीधे चार प्रश्नों से 'केनोपनिषद्' प्रारंभ होता है। प्रथम प्रश्न है कि किससे प्रेरित होकर मन विषयों पर पहुँचता है ? द्वितीय प्रश्न है कि किसकी शक्ति पाकर प्राण चलता है ? किसके द्वारा वाणी क्रियाशील होती है ? यह तीसरा प्रश्न है और चौथा प्रश्न है कि नेत्र व कान को अपने-अपने विषयों में कौन नियुक्त करता है ? ये सभी प्रश्न अद्‌भुत हैं। मानव योनि में ही इनका समाधान संभव

है। संसार का प्रवाह इतना तेज है कि किसी को एक क्षण के लिए रुककर इन प्रश्नों के समाधान को सोचना कठिन है, लेकिन जीवन की भागमभाग में यदि इस प्रकार के शाश्वत प्रश्न किसी ऐसे महाव्यक्तित्व के समक्ष उठ पाएँ, जो इनका अपेक्षित समाधान करने में सक्षम हो तो फिर एक उपनिषद् का जन्म लेना अपरिहार्य है। संवाद की यह विधि अन्यान्य क्षेत्रों में भी आज खूब प्रचलित है।

शास्त्रार्थ शैली

तत्त्व-निरूपण के लिए उपनिषदों में शास्त्रार्थ शैली भी देखने को मिलती है। इसका सबसे अच्छा उदाहरण 'बृहदारण्यक उपनिषद्' के तृतीय अध्याय के पहले ब्राह्मण से लेकर नौवें ब्राह्मण तक वर्णित है। इसमें राजा जनक ने कुरु और पांचाल देशों के ब्राह्मणों को एकत्रित करके उनसे अनुरोध किया कि ब्रह्म तत्त्व की व्याख्या में जो समर्थ होगा, उसे एक हजार वे गायें दी जाएँगी, जिनके सींगों में दस-दस पाद स्वर्ण बँधा है। इस शास्त्रार्थ की केंद्रीय भूमिका में याज्ञवल्क्य हैं, जिन्होंने राजदरबार में अश्वल आर्तभाग, लाह्यायनि भुज्यु, चाक्रायण उषस्त, कहोल, वचंकु की पुत्री गार्गी, आरुणि उद्दालक तथा विदग्ध साकल्य के प्रश्नों का उत्तर देकर पुरस्कार जीत लिया। शास्त्रार्थ शैली में अपने मत का प्रतिपादन करना पिछली शताब्दी तक भारत में खूब प्रचलित रहा है। शास्त्रार्थ शैली से तत्त्व-निर्णय की परंपरा संन्यासियों के मध्य अभी भी प्रचलित है।

गुरु-शिष्य संवाद

गुरु-शिष्य संवाद एक बहुत लोकप्रिय शैली है। इसमें शिष्य श्रद्धापूर्वक गुरु के समक्ष प्रस्तुत होता है और ब्रह्म विद्या को पाने के लिए अपनी जिज्ञासा प्रकट करता है। इस विधि में शिष्य को दीक्षा देकर गुरु या तो सीधे उसके प्रश्नों का उत्तर देते हैं अथवा शिष्य की पात्रता

को और अधिक निर्दोष बनाने के लिए कोई आज्ञा देते हैं, जिसमें कुछ समय के लिए कुछ विशेष कर्म-विधान शिष्य को पूर्ण करना होता है। इसका सबसे सटीक उदाहरण 'छांदोग्य उपनिषद्' के चतुर्थ अध्याय के चौथे खंड से लेकर दसवें खंड तक वर्णित है। इसमें जबाला के पुत्र सत्यकाम के ब्रह्मज्ञानी होने की कथा है। गुरु-शिष्य संवाद जनप्रिय इसलिए है क्योंकि इस तरह संवाद पढ़ने-सुनने के बाद श्रद्धा व वैराग्य स्वतः उपजता है और सद्गुरु के प्रति पूर्ण समर्पण की कामना जन्म ले लेती है।

प्रतीक विधि

प्रतीकों के माध्यम से तत्त्व की व्याख्या करना उपनिषदों की ऐसी विधि है, जो तात्त्विक विवेचना को बहुत सरल और सुबोध बना देती है। छांदोग्य उपनिषद् के तीसरे अध्याय के चौदहवें खंड में शांडिल्य विद्या का वर्णन प्रतीक विधि से ही किया गया है। इसके अनुसार, ब्रह्म की उपासना सर्वदृष्टि से करनी चाहिए। आचार्य शंकर ने इस प्रकरण की भूमिका में अपने भाष्य में लिखा है—"अनेक प्रकार से उपासनीय ब्रह्म की विशिष्ट गुण-युक्त और शक्तिमान रूप से उपासना का विधान करने की इच्छा से श्रुति कहती है—सर्वं खल्विदं ब्रह्म तज्जलानिति शांत उपासीत।" भगवान् शंकराचार्य के अनुसार, यहाँ प्रश्न है कि उस ब्रह्म का क्या स्वरूप है ? उपनिषद् का प्रतीकात्मक उत्तर है—'तज्जलानिति'। इसका तात्पर्य है कि तेज, अप् अर्थात् जल और अन्नादि के क्रम से समस्त जगत् उस ब्रह्म से उत्पन्न हुआ है, इसलिए वह 'तज्ज' है तथा इसी जनन-क्रम के विपरीत क्रम से जगत् उसी ब्रह्म में लीन होता है अर्थात् तादात्म्य रूप से उसमें मिल जाता है, इसलिए 'तल्ल' है और अपनी स्थिति के समय जगत् उसी ब्रह्म में अनन-प्राणन अर्थात् चेष्टा करता है, इसलिए 'तदन' है।

कल्पना सूत्र विधि

मांडूक्य उपनिषद् में सूत्र विधि से 'ओम्' के चतुष्पाद को आत्मा कहा गया है। यद्यपि उस अखंड और निरवयव ब्रह्म को चार पादोंवाला कहना बहुत उपयुक्त नहीं प्रतीत होता, लेकिन ब्रह्म के समग्र रूप की व्याख्या करने के लिए उपनिषद् ने चार पादों की कल्पना कर ली। इस कल्पना रूपी सूत्र को पकड़कर जो कहना बहुत कठिन है और जिसको शब्दों की सीमा में बाँध लेना असंभव ही है, उसकी व्याख्या करने में मांडूक्य उपनिषद् ने सफलता पाई है। चतुष्पाद कहकर जब उसके प्रत्येक पाद की अलग-अलग व्याख्या प्रारंभ की गई तो चारों पादों की व्याख्या पूरी होते-होते ब्रह्म की व्याख्या हो गई। इस उपनिषद् के दूसरे मंत्र से लेकर सातवें मंत्र तक ब्रह्म के स्वरूप का जो वर्णन साकार हुआ है, वह चार पादों की कल्पना से ही प्रारंभ होता है। सातवें मंत्र में स्पष्ट रूप से कह दिया, जो न भीतर की ओर प्रज्ञावाला है, न बाहर की ओर प्रज्ञावाला है, न प्रज्ञानघन है, न जाननेवाला है और न नहीं जाननेवाला है, जो देखा न गया हो, जो व्यवहार में नहीं लाया जा सकता, जो किसी प्रकार की पकड़ में नहीं आ सकता, जिसका कोई लक्षण नहीं है, जो चिंतन का विषय भी नहीं बनता, जिसे किसी प्रकार भी बतलाया नहीं जा सकता, जिसमें प्रपंच का सर्वथा अभाव है और एकमात्र आत्मसत्ता की प्रतीति ही जिसका सार है।

इस प्रकरण की व्याख्या में आचार्य शंकर कहते हैं कि 'अंत:प्रज्ञ नहीं है', ऐसा कहकर तेजस का प्रतिषेध किया है। 'बहिष्प्रज्ञ नहीं है', इससे विश्व का निषेध किया है। 'उभयत: प्रज्ञ नहीं है', इससे जाग्रत् और स्वप्न के बीच की अवस्था का प्रतिषेध है। 'प्रज्ञानघन नहीं है', इससे सुषुप्ति को नकारा है। 'अप्रज्ञ नहीं है', इससे अचेतनता को अस्वीकार किया है। 'वह अदृश्य है', इसलिए अव्यवहार्य है। वह अचिंत्य है, अत: शब्दों द्वारा अकथनीय है। उसका एकात्म प्रत्यय ही सार है, अर्थात् जाग्रत् आदि स्थानों में एक ही आत्मा है।

आख्यायिका विधि

छांदोग्य उपनिषद् के आठवें अध्याय के सातवें खंड से बारहवें खंड तक देवराज इंद्र और असुरराज विरोचन से संबंधित एक मधुर आख्यायिका है। स्वसत्ता काल में होनेवाली वक्ता द्वारा दृष्ट घटना ही आख्यायिका कहलाती है। एक बार प्रजापति के पास इंद्र और विरोचन ने एक साथ उपस्थित होकर अनुरोध किया कि उन्हें आत्मविद्या का उपदेश दिया जाए। प्रजापति ने आदेश दिया कि दोनों को ३२ वर्ष तक ब्रह्मचर्य का पालन करके अपने संकल्प को विशुद्ध रूप से दोष-रहित तथा पुष्ट और स्वयं को राग-द्वेषादि क्लेशों से मुक्त करना होगा। दोनों ने प्रजापति की शर्त स्वीकार कर ली। समय की अवधि पूरी होने पर प्रजापति ने एक अति संक्षिप्त उपदेश दिया, ''यह जो पुरुष नेत्रों से दिखाई देता है, वह आत्मा है, अमृत है, अभय है और यही ब्रह्म है।'' दोनों ने समझा कि प्रजापति उस छाया पुरुष की ओर संकेत कर रहे हैं, जो उनकी आँखों के भीतर दिखाई देता है। अतः उन्होंने प्रश्न किया कि यह जो पुरुष जल में देखने पर परिव्याप्त प्रतीत होता है और जो दर्पण में प्रतिबिंब रूप से दिखाई पड़ता है, क्या आप उसे ही आत्मा कह रहे हैं? प्रजापति ने अपने गूढ़ उत्तर में कहा, ''मैंने तो नेत्रों के अंतर्गत जो दृष्ट बतलाया है, वही आत्मा है और यही आत्मा सबके अंतर में है।''

प्रजापति के स्पष्टीकरण से संतुष्ट होकर इंद्र और विरोचन लौट पड़े। शांत चित्त होकर विरोचन जब असुरों के पास पहुँचा तो प्रजापति के उपदेश को अपने शब्दों में बताया। उसने कहा कि उसे प्रजापति से ज्ञात हुआ है कि इस लोक में देह ही आत्मा है और यही सेवनीय है। इसकी पूजा और परिचर्या करनेवाला पुरुष इहलोक और परलोक के सुखों को प्राप्त कर लेता है।

लौटते हुए इंद्र को संदेह हुआ कि प्रजापति ने देह के अनात्मत्व को समझाने के लिए उपदेश किया है, क्योंकि छायात्म दर्शन तो केवल देह दर्शन ही है। अतः वे मार्ग से लौटे और पुनः प्रजापति के पास

आकर अपना संदेह प्रकट किया। प्रजापति ने इंद्र से पुनः ३२ वर्ष तक ब्रह्मचर्य-युक्त तपश्चर्या का विधान बतलाया। कालावधि बीतने पर प्रजापति ने इंद्र को स्वप्न पुरुष का उपदेश दिया। किंतु इंद्र ने विचार किया कि अभी उपदेश पूरा नहीं है। अतः उनके पुनः संदेह प्रकट करने पर प्रजापति ने पुनः ३२ वर्ष तपस्या का आदेश दिया। इस अवधि के पूर्ण होने पर प्रजापति ने कहा, "हे इंद्र! जिस अवस्था में यह सोया हुआ दर्शन-वृत्ति से रहित होकर सम्यक् रूप से आनंदित हो स्वप्न का भी अनुभव नहीं करता, वह आत्मा है।" अब तक इंद्र ९६ वर्ष की तपस्या कर चुके थे और अब लगभग पूर्ण रूप से क्षीणदोष हो चुके थे। उन्हें पुनः संदेह हुआ कि प्रजापति जिस सुषुप्त पुरुष की ओर संकेत करके अपने उपदेश में कह रहे हैं, वह आत्मा नहीं हो सकता; क्योंकि आत्मा तो ज्ञानमय होती है और सुषुप्ति काल में ज्ञान का अभाव रहने से किसी अनुभव की स्मृति नहीं रहती।

अतः एक बार फिर इंद्र ने अपना संदेह प्रजापति के सामने प्रकट किया। इस बार प्रजापति ने इंद्र से ५ वर्ष और तपस्या करने को कहा, क्योंकि अभी तक इंद्र का चित्त पूर्ण रूप से निर्मल और निर्दोष नहीं हो पाया था। पाँच वर्ष बाद प्रजापति ने इंद्र को समझाया कि नेत्रादि जो इंद्रियाँ हैं, वे दर्शनादि क्रिया करने के लिए हैं। आत्मा का जो ज्ञान कर्तृत्व है, वह केवल सत्ता मात्र में है, इसकी व्याप्तता के कारण नहीं। आत्मा अपने ही स्वरूप में स्थित है। वह अविद्याकृत देह, इंद्रिय और मन से अलग है। अपने सर्वात्म भाव के कारण आत्मा आकाश के समान विशुद्ध और सर्वेश्वर है।

उपमान विधि

उपमा देकर विषय को समझाना उपमान् विधि है। छांदोग्य उपनिषद् के अध्याय छह के नौवें खंड से पंद्रहवें खंड तक अनेक दृष्टांतों में ब्रह्म के स्वरूप की व्याख्या है। दसवें खंड में कहा गया है—"नदियाँ

पूर्ववाहिनी होकर पूर्व की ओर और पश्चिमीवाहिनी होकर पश्चिम की ओर बहती अवश्य हैं, लेकिन अंत में समुद्र में मिलकर समुद्र ही हो जाती हैं। समुद्र में उनकी अलग से कोई पहचान शेष नहीं रहती।'' ठीक इसी प्रकार ''संपूर्ण प्रजाएँ 'सत्' से आने के बाद यह नहीं जानतीं कि वे 'सत्' के पास से आई हैं।'' तेरहवें खंड में आचार्य आरुणि ने श्वेतकेतु को नमक का एक ढेला देते हुए कहा, ''इस नमक को जल में डालकर कल प्रातःकाल मेरे पास ले आना।'' दूसरे दिन जब श्वेतकेतु आया तो आरुणि ने पूछा, ''वत्स! कल रात तुमने जो नमक जल में डाला था, उसे ले आओ।'' श्वेतकेतु को जल में नमक नहीं मिला। अब आरुणि ने कहा कि इस जल का आचमन करो और बताओ कि यह कैसा है? श्वेतकेतु ने कहा कि जल नमकीन हो गया है। अब आरुणि ने समझाया कि जिस प्रकार नमक अब नेत्रों से तो दिखाई नहीं पड़ता, लेकिन स्वाद से अनुभव में आ रहा है, उसी प्रकार वह 'सत्' भी निश्चित ही इस संसार में विद्यमान है।

रूपक विधि

'श्वेताश्वतर उपनिषद्' के प्रथम अध्याय के पाँचवें मंत्र में एक नदी के रूपक से संसार के स्वरूप का वर्णन किया गया है। उपनिषद् के अनुसार, चक्षु आदि पाँच ज्ञानेंद्रियाँ ही पाँच जल-स्रोत हैं, क्योंकि इन्हीं में से होकर संसार का प्रवाह बहता है। ये इंद्रियाँ पंच तन्मात्राओं से उत्पन्न हुई हैं, इसीलिए ये इस नदी का उद्गम स्थान मानी गई हैं। वक्र गतिवाले पाँच प्राणों के द्वारा ही इस नदी में हलचल रहती है। वाक्, पाणि, पादादि पाँच कर्मेंद्रियाँ इस नदी की उग्र तरंगें हैं। शब्द, स्पर्शादि इंद्रियों के विषय ही इस संसार रूपी नदी के भँवर हैं। गर्भ, जन्म, जरा, रोग और मृत्यु रूपी दुःख ही इस नदी के वेग हैं। अविद्या, अस्मिता, राग, द्वेष और अभिनिवेश इस संसार रूपी नदी के पर्व अर्थात् विभाग हैं और अंतःकरण की पचासों अर्थात् भिन्न-भिन्न वृत्तियाँ इस नदी के

अनेक भेद हैं। अतः इस संसार रूपी नदी से मुक्ति पाने के लिए इसके मूल संचालक आत्मा को जानना चाहिए।

अध्यास और अपवाद विधि

किसी सत्य वस्तु में असत्य पदार्थ का भान होना अध्यास है, जैसे रस्सी में सर्प की भ्राँति। इसी को उलटे क्रम से समझना अपवाद है, जैसे कल्पित सर्प के निराकरण से अधिष्ठानभूता रस्सी का बोध। अपवाद विधि में असत्य पदार्थ का बाध करके सत्य पदार्थ को जानना है। इसमें अध्यास विधि से पहले निष्प्रपंच ब्रह्म में माया का आरोप करके प्रपंच की प्रतीति कराई जाती है और फिर अपवाद विधि द्वारा शुद्ध ब्रह्म का साक्षात्कार कराया जाता है। इस विधि का प्रयोग 'श्वेताश्वतर उपनिषद्' के तीसरे अध्याय के अति प्रसिद्ध चौदहवें मंत्र—'सहस्रशीर्षा पुरुषः सहस्राक्षः सहस्रपात। स भूमिं विश्वतो वृत्वात्यतिष्ठद्दशाङ्गुलम्॥'—से इक्कीसवें मंत्र तक है।

संश्लेषणात्मक विधि

'छांदोग्य उपनिषद्' के पाँचवें अध्याय के ग्यारहवें खंड से लेकर अठारहवें खंड तक राजा अश्वपति के साथ औपमन्यव, सत्ययज्ञ, इंद्रद्युम्न, जनक, बुडिल, उद्दालक आदि के साथ जो संवाद है, वह विषय-निरूपण की दृष्टि से संश्लेषणात्मक विधि है। इसमें विभिन्न दृष्टिकोणों से एक ही तथ्य को व्यक्त किया जाता है और अंत में सभी वक्तव्यों का समन्वय करके विषय को स्पष्ट किया जाता है। आत्मा और ब्रह्म के स्वरूप पर विचार करते हुए औपमन्यव आदि केकयकुमार अश्वपति के पास आए। उनके मंतव्य को जानकर अश्वपति ने औपमन्यव से पूछा कि तुम किसकी उपासना करते हो? राजा के प्रश्न के उत्तर में औपमन्यव ने द्युलोक को अपना उपास्य कहा। इसी प्रश्न के उत्तर में सत्ययज्ञ ने आदित्य, इंद्रद्युम्न ने वायु, जनक ने आकाश, बुडिल ने

जल और उद्दालक ने पृथिवी का नाम लिया। अश्वपति ने कहा कि तुम सब वैश्वानर आत्मा को परिच्छिन्न आत्म-बुद्धि से जानते हो। जिस प्रकार कुछ जन्मांधों ने अपने अलग-अलग अनुमानों से हाथी को पहचानने की गलती की थी और वे हाथी के किसी एक अंग को ही पूर्ण हाथी के रूप में जान पा रहे थे, उसी प्रकार की त्रुटिपूर्ण मान्यता औपमन्यव आदि की थी। अश्वपति ने कहा, ''उस वैश्वानर आत्मा का मस्तक द्युलोक है, चक्षु विश्वरूप सूर्य है, प्राण पृथग्वर्त्मा वायु है, देह का मध्य भाग आकाश है, बस्ति रयि अर्थात् जल है, पृथिवी दोनों चरण हैं, वक्षस्थल वेदी है, लोम कुशाएँ हैं, हृदय गार्हपत्याग्नि है, मन अन्वाहार्यपचन है और मुख आहवनीय है। तात्पर्य यह है कि वैश्वानर आत्मा को जाननेवाला उसे समग्रता के साथ जानता है, क्योंकि आत्मा का ज्ञान एकांगी नहीं हो सकता।''

अरुंधती न्याय-विधि

इस विधि के माध्यम से पहले वह स्पष्ट किया जाता है, जो बहुत स्पष्ट है। फिर उसके समीप के अन्य तथ्यों का परिचय कराया जाता है और फिर सूक्ष्मतम तथ्यों की ओर संकेत किया जाता है। अरुंधती न्याय-विधि में उपदेश के दौरान आचार्य अनुप्रश्नों का समाधान भी करते चलते हैं। 'तैत्तिरीय उपनिषद्' की ब्रह्मानंद वल्ली में द्वितीय अनुवाक से लेकर पंचम अनुवाक तक क्रमशः अन्नमय, प्राणमय, मनोमय, विज्ञानमय और आनंदमय कोशों का वर्णन करते हुए आत्म-स्वरूप को उसी प्रकार स्पष्ट किया जाता है जिस प्रकार आकाश में सप्तर्षियों के तारों की ओर इंगित करते हुए विद्वान् अरुंधती तारे को दिखा देते हैं।

आत्मसंलाप विधि

उपनिषदों में अनेक स्थलों पर कुछ ऐसे वक्तव्य हैं, जो हैं तो बहुत महत्त्वपूर्ण, लेकिन वे वक्ता के स्वगत कथन हैं। इन कथनों में

प्राय: आत्मजिज्ञासा है, शाश्वत प्रश्नों के उत्तरों का सार है अथवा ब्रह्म विद्या को प्रकट करने का कारण विद्यमान है। 'ऐतरेय उपनिषद्' का प्रारंभ इसी प्रकार के वक्तव्य से होता है। उपनिषद् के प्रथम तीन मंत्र पूरे उपनिषद् के सार भी हैं और ब्रह्म विद्या के जिज्ञासु की पिपासा को बढ़ानेवाले हैं। इन मंत्रों में कल्पना है कि पहले यह जगत् एकमात्र आत्मा ही था, उसके अतिरिक्त और कोई नहीं था और उसने सोचा कि लोकों की सृष्टि करूँ। विचार मात्र से लोक तैयार हो गए। फिर सोचा कि लोकपालों की सृष्टि करूँ। उसके सोचते ही जल में से उसने एक पुरुष को निकालकर उसे मूर्तिमान बनाया। इस स्व-कथन अथवा संकल्प ने ऐसी जिज्ञासा को जन्म दिया, जिससे 'ऐतरेय उपनिषद्' जैसे अनुपम ग्रंथ की रचना संभव हो सकी।

आधिदैविक विधि

ब्रह्म विद्या की प्राप्ति केवल आचार्यों और सद्गुरुओं से ही नहीं हुई है, बल्कि उपनिषदों में ऐसे अनेक उल्लेख हैं, जब वह विद्या किसी जिज्ञासु को देवताओं द्वारा प्रदान की गई है। 'छांदोग्य उपनिषद्' के चौथे अध्याय के छठे खंड में अग्निदेव ने सत्यकाम को ब्रह्म के दूसरे पाद का उपदेश दिया है। 'कठोपनिषद्' में नचिकेता को ब्रह्मज्ञान यमदेव ने कराया है और 'तैत्तिरीय उपनिषद्' भृगुवल्ली में वरुणदेव ने ब्रह्मोपदेश किया है। इस विधि से ब्रह्मज्ञान का वर्णन करना भारतीय ऋषियों की अति सकारात्मक सोच का परिचय देती है और स्पष्ट होता है कि जगत् की श्रेष्ठ शक्तियाँ देवी-देवता भी ब्रह्मज्ञानी बनाने में सहायक रहती हैं।

विस्मयकारी विधि

कौतूहल, विस्मय और आश्चर्य के माध्यम से भी ब्रह्म विद्या लोगों को मिली है। 'छांदोग्य उपनिषद्' के प्रथम अध्याय के बारहवें खंड में कथा है कि दल्भ ऋषि के पुत्र बक स्वाध्याय करने के लिए गाँव

से बाहर एक निर्जन स्थान पर गए। वहाँ पर उन्होंने श्वेत रंग का एक विलक्षण कुत्ता देखा। उस कुत्ते के पास कई और कुत्ते आए और बोले कि 'उद्गीथ अर्थात् ओम का गान करके हमारे लिए अन्न प्रस्तुत करें।' श्वेत कुत्ते ने उत्तर दिया कि तुम सभी इसी स्थान पर कल प्रातःकाल आना। दूसरे दिन सब कुत्ते इकट्ठे हुए तो जिस प्रकार यज्ञकर्म में उद्गाता बहिष्पवमान् नामक स्तोत्र के द्वारा स्तुति आरंभ करने से पूर्व एक-दूसरे से मिलकर चलते हैं, ठीक उसी प्रकार वे सभी कुत्ते एक-दूसरे से जुड़कर परिभ्रमण करने लगे। फिर उन्होंने एक जगह आराम से बैठकर हिंकार अर्थात् 'हिं' स्तोभ के अनुसार सामगान आरंभ किया। यहाँ पर उल्लेखनीय यह है कि सामगान करते समय स्वर और लय की पूर्ति के लिए जो 'हा ३ उ' आदि तेरह प्रकार के शब्द प्रयोग में लाए जाते हैं, उन्हें 'स्तोभ' कहते हैं।

इस विस्मयकारी विधि से बात प्रारंभ करके ब्रह्म विद्या तक चर्चा को ले जाना उपनिषदों का बहुत उदारमना दृष्टिकोण है। उपनिषद् के ऋषियों की कल्याणकारी कामना है कि अधिक-से-अधिक लोग ब्रह्म विद्या के प्रति उत्सुक हों और उन्हें वास्तव में यह विद्या प्राप्त हो सके। विश्व-शांति और मानव-कल्याण के लिए आत्मज्ञानी ही समतामूलक दृष्टिकोण को व्यवहार में अपना सकते हैं।

मनोनिवेश विधि

परा और अपरा विद्या की चर्चा करनेवाले 'मुंडक उपनिषद्' का मूल प्रश्न है कि ऐसी कौन सी वस्तु है, जिस एक के जान लेने पर सबकुछ जान लिया जाता है। ग्रंथ के पूर्वार्द्ध में अपरा विद्या का निरूपण है और उत्तरार्ध में परा विद्या का। इस सारे वर्णन का उद्देश्य यह है कि मानव जीवन की सार्थकता इसी में है कि इसे ब्रह्म को जानने के लिए लगाया जाए। उपनिषद् के अनुसार प्रणव धनुष है, सोपाधिक आत्मा बाण है और ब्रह्म उसका लक्ष्य है। यह ब्रह्मवेधन अत्यंत कठिन कार्य

है। अतः द्युलोक, पृथिवी, अंतरिक्ष, मन और प्राणों आदि को परब्रह्म में ओत-प्रोत मानकर तथा अन्य सभी बातों को त्यागकर मोक्ष की प्राप्ति के लिए प्रयत्न करना चाहिए। उपनिषद् के दूसरे मुंडक के आठवें मंत्र में घोषणा है—"उस परावर ब्रह्म का साक्षात्कार कर लेने पर जीव के हृदय की ग्रंथि टूट जाती है, सारे संशय नष्ट हो जाते हैं और कर्म क्षीण हो जाते हैं।" तीसरे मुंडक के दूसरे खंड के नौवें मंत्र में और अधिक दृढ़ता से घोषणा की गई है—"जो उस परब्रह्म को जान लेता है, वह ब्रह्म ही हो जाता है।"

विकल्पात्मक विधि

'ईशावास्य उपनिषद्' में नौवें मंत्र से लेकर चौदहवें मंत्र तक विकल्पात्मक विधि से उपासना का उपदेश है। वैसे इस उपनिषद् का प्रत्येक मंत्र एक सूक्ति है; लेकिन विकल्पात्मक विधि से तत्त्व का निरूपण करनेवाले इसके छह मंत्र सर्वथा अद्‌भुत हैं। इन मंत्रों में विद्या और अविद्या तथा संभूति और असंभूति के माध्यम से जो कुछ कहा गया है, उसे पूरी तरह से समझना तो विद्वानों के लिए भी सरल नहीं है। यह सच है कि विद्या-अविद्या का तात्त्विक विवेचन अपने-आप में अत्यधिक जटिल प्रश्न है। उपासना की समस्त पद्धतियों में विद्या-अविद्या की पहचान पहली शर्त है और यहीं से साधक को भ्रम होता है वह गलती करता है और उसका भटकाव शुरू हो जाता है। जब तक विद्या के तात्त्विक स्वरूप को स्पष्ट रूप से न जानेंगे, उपासना के सारे प्रयत्न व्यर्थ सिद्ध होंगे। 'ईशावास्य उपनिषद्' के शांकर भाष्य के अनुसार, "जो अविद्या- विद्या से अन्य अविद्या अर्थात् कर्म यानी केवल अग्निहोत्रादि रूपी अविद्या ही की उपासना करते हैं, अर्थात् तत्पर होकर कर्म का ही अनुष्ठान करते रहते हैं। वे अंधकार में प्रवेश करते हैं, क्योंकि कर्म-विद्या आत्मज्ञान की विरोधी है। लेकिन उससे भी अधिक अंधकार में वे प्रवेश करते हैं, जो शास्त्र के यथार्थ तात्पर्य को

न समझकर कर्म से विमुख हो जाते हैं।'' विकल्पात्मक विधि से इस प्रकार गूढ़तम रहस्यों को उजागर करने का ढंग उपनिषदों में अप्रतिम है। इस तरह उपनिषद् स्वयं में निर्दोष और निर्मल होकर सत्य को ही सत्य कहने के लिए प्रसिद्ध हैं।

नेति-नेति विधि

ब्रह्म के स्वरूप की स्पष्ट व्याख्या करने के लिए उपनिषदों ने बहुत सारी विधियाँ अपनाई हैं। ब्रह्म के सोपाधिक रूप के वर्णन में जब उसे 'सत्य का सत्य', 'प्राणों का प्राण' और 'ज्योतियों की ज्योति' कहा तो माना गया कि ये वक्तव्य तभी बन सके, जब ऋषि-प्रज्ञा सत्य के अशेष स्वरूप तक पहुँच गई। इसके आगे सत्कार्य रूप उपाधि के लिए 'है'—अर्थात् अस्ति प्रत्यय के लिए कुछ कहना भी शेष नहीं रहा। लेकिन उपनिषद् इससे भी आगे गए। ऋषियों ने निरुपाधिक तत्त्वभाव से आत्मा के उस स्वरूप को स्पष्ट किया, जहाँ ब्रह्म संपूर्ण उपाधियों से निवृत्त है। ज्ञात और अज्ञात से भिन्न उस अद्वितीय स्वरूप को 'बृहदारण्यक उपनिषद्' (२-३-६ तथा ३-९-२६) में नेति-नेति कहकर बताया है। नेति-नेति की विधि तर्कातीत है। इसमें नाम, रूप, कर्म, जाति अथवा गुण की समस्त उपाधियों का निषेध किया गया है।

इस विधि के अनुसार ब्रह्मवेत्ता याज्ञवल्क्य ने गार्गी से बृहदारण्यक उपनिषद् (३-८-८) में कहा कि उस परम तत्त्व के लिए यह कहा जा सकता है कि वह न मोटा है, न पतला है; न छोटा है, न बड़ा है; न लाल है, न द्रव है; न छाया है, न तम है; न वायु है, न आकाश है; न संग है, न रस है, न गंध है, न नेत्र है, न कान है, न वाणी है, न मन है, न तेज है, न प्राण है, न मुख है, न माप है, न अंतर है, न बाहर है; वह कुछ भी नहीं खाता और उसे भी कोई नहीं खाता।'' इन निषेधात्मक वक्तव्यों का तात्पर्य हुआ—'इति न इति न' अर्थात् 'नेति नेति'।

'बृहदारण्यक उपनिषद्' (३-८-११) में यह भी कहा गया है कि वह ''चक्षुहीन होने पर भी देखता है, कर्णहीन होकर भी सुनता है।

अवाक् है, वाक् से भिन्न है। अमन है, मन से भिन्न है। वह अतेजसक है, अप्राण है, अमुख है, अमात्र है, अनंतर है, छिद्रहीन है।" तात्पर्य यह कि अदृष्ट होकर दृष्टि का विषय तो नहीं है, किंतु स्वयं दृष्टि-स्वरूप होने के कारण द्रष्टा है। श्रोत्र का अविषय होकर भी स्वयं श्रुति-स्वरूप होने से श्रोता है। मन का अविषय है किंतु स्वयं मतिस्वरूप होने के कारण मन्ता है। वह बुद्धि का अविषय है, अविज्ञात है, किंतु स्वयं विज्ञान-स्वरूप होने से विज्ञाता है।

इस प्रकार उपनिषदों में ब्रह्म विद्या के विषयभूत प्रत्यगात्मा की क्रिया, कारक, फल, स्वभाव और सत्य आदि समस्त जीव धर्मों के प्रतिषेध के द्वारा 'नेति-नेति' नकार द्वय पद वाक्य से अशेष-विशेष शून्य एक अद्वय ब्रह्म का ज्ञान कराया गया है।

आत्म-ज्ञान के लिए विधियाँ तो उपनिषदों में और भी हैं। शरीर को साधन मानकर योग के उपनिषदों में अनेक उपाय सुझाए गए हैं। योग की मान्यता भी है कि साधना-उपासना शरीर को आधार मानकर ही की जा सकती है। धारणा, ध्यान, समाधि आदि भी ऐसे मार्ग हैं, जो ब्रह्म-साक्षात्कार कराने में समर्थ हैं। भक्ति मार्ग का समर्थन करनेवाली अनेक उपनिषदें हैं।

इस प्रकार हम देखते हैं कि अनेक रोचक और मनोवैज्ञानिक सिद्ध विधियों का प्रयोग उपनिषदों में वर्णित है। साधना के अतिरिक्त साहित्यिक दृष्टि से भी ये वर्णन विद्वानों को चकित करनेवाले हैं। उपनिषदों की प्राथमिकता ब्रह्म विद्या है और इसी कारण अन्य ग्रंथों की तुलना में इनकी श्रेष्ठता है। एक बहुत गहन व गंभीर विषय को उपनिषदों के लिए चुनकर भारतीय ऋषियों ने उसे जितने प्रकार से अभिव्यक्त करके दिखाया है, वह आज के अभिव्यक्ति-विज्ञान और मनोविज्ञान के लिए एक चुनौती है।

□

उपनिषदों के शांति मंत्र

भारत के ऋषि यह जानते थे कि सुखी व्यक्ति ही समाज में सुख बढ़ा सकता है और सुखी समाज में ही व्यक्ति पुरुषार्थ चतुष्टय की उपलब्धि कर सकता है। सुखी व्यक्ति और सुखी समाज की उनकी धारणा केवल मानव जगत् तक ही सीमित नहीं थी, बल्कि इसमें सूर्य, चंद्रमा, पृथ्वी, नक्षत्र, ग्रह, उपग्रह, ऋषि, पितर, देवता, गंधर्व, असुर, मनुष्य, पशु, कृमि, कीट, पक्षी, ओषधि, वनस्पति, धातु, उपधातु, रस, उप-रस, विष, उप-विष, पर्वत, नदी, नद, समुद्र आदि समष्टि के कल्याण का चिंतन था। ऋषियों की मान्यता है कि मंगलकारी मंत्रों का उद्घोष सुनने मात्र से मंगलमय जीवन जीने की इच्छा होने लगती है। युगों से अनुभवसिद्ध इस प्रयोग के कारण उन्होंने 'वसुधैव कुटुम्बकम्' के परमादर्श की कल्पना की थी। ऋषियों द्वारा पृथ्वी, अंतरिक्ष, द्यौ और संपूर्ण ब्रह्मांड के लिए एक प्रकट स्वस्ति यानी आदर-भाव था। भारतीय जीवन-पद्धति को सर्वोच्च स्थान देने का यह भी एक कारण है। इसी कारण वे कह सके—''सर्वे भवन्तु सुखिनः सर्वे सन्तु निरामया।'' यह भी एक तथ्य है कि वैदिक वाङ्मय में प्रार्थनाएँ प्रायः बहुवचनांत हैं, जिनका स्पष्ट आशय है कि इन प्रार्थनाओं में पूरे समुदाय और संपूर्ण विश्व के कल्याण की कामना है। कहीं-कहीं पर 'ग्रामेस्मिन्ननातुरम्' आदि शब्दों में निर्विवाद रूप से समाज का उल्लेख मिलता है।

वैदिक मान्यता है कि नमस्कार करने मात्र से प्रसन्नता के भाव का

संचार होता है। वैदिक साहित्य में देवताओं और प्रकृति की अन्यान्य शक्तियों की स्तुति की एक अनवरत परंपरा है। इन स्तुतियों का उद्देश्य क्रुद्ध देवताओं एवं प्राकृतिक शक्तियों को शांत करना है और उन्हें शुभकर बनाना है। सुख पाने और दुःख की निवृत्ति नक्षत्रों, रुद्रों, वसुओं, आदित्यों, ऋषियों, गौओं, जल, वायु, अग्नि, आकाश आदि से मनचाहा वरदान पाने की सहस्रों कथाएँ हैं। इस प्रकार की स्तुतियों में वेद मंत्र का पाठ, ऋचाओं का सामगान, स्वस्ति-वाचन, शांतिपाठ आदि सम्मिलित हैं।

आराध्य को प्रसन्न करने के लिए शांति पाठ के माध्यम से प्रार्थना की जाती है कि हमारे सभी कृत्य और संकल्प शुभ हों, जीवन में जो कुछ भी दारुण है, अशुभ है, क्रूर है, पाप है, उन सबके बुरे प्रभाव दूर हों। हमारे इष्ट हम पर प्रसन्न हों। सभी बुरे प्रभावों से हमारी रक्षा हो और हमारे सभी कर्म शुभ व सुखप्रद हों। इसी दृष्टि से ऐसी स्तुतियाँ भी वैदिक उपासना में मिलती हैं, जिनमें दुःख, स्वप्न, अपशकुन, अशुभ घटनाओं, अशुभ पक्षियों और पशुओं की बोलियों से छुटकारा पाने की कामना की जाती है। कहने का तात्पर्य यह है कि स्तुतियों और शांति-पाठों में व्यक्ति, समाज व समस्त जीव जगत् के कल्याण की कामना की गई है।

मत्स्य पुराण के २२८वें अध्याय में राजा मनु के प्रश्न करने पर मत्स्य भगवान् ने विविध कामनाओं की सिद्धि के लिए १८ शांतियों का उल्लेख किया है। राजा की विजय-कामना के लिए अभय शांति, राजरोगों से मुक्ति के लिए सौम्य शांति, भूचाल आदि दैवी आपदाओं से बचने के लिए वैष्णवी शांति, भूत-प्रेत और महामारी से त्राण के लिए रौद्री शांति, वेदाध्ययन से रुकावटों को हटाने के लिए ब्राह्मी शांति, आँधी और तूफान आदि रोकने के लिए वायवी शांति, अनावृष्टि से निदान के लिए वारुणी शांति, असामान्य जनन के उपचार हेतु प्राजापत्य शांति, शस्त्रों के बल को प्राप्त करने के लिए त्वाष्ट्री शांति, बच्चों को होनेवाली समस्याओं के निराकरण के लिए कौमारी शांति, पत्नी और भृत्यों को

अनुकूल बनाने के लिए गांधर्वी शांति, हाथियों की रक्षा हेतु आंगिरसी शांति, पिशाचों के भय से मुक्ति के लिए नैर्ऋती शांति, शांति-व्यवस्था को स्थायी करने और दु:ख स्वप्न से मुक्ति के लिए याम्या शांति, धन की हानि से बचने के लिए कौबेरी शांति, वृक्षों की रक्षा के लिए पार्थिवी शांति, नक्षत्र-उत्पातों से बचने के लिए ऐंद्री शांति और अग्नि-उत्पातों से मुक्ति के लिए आग्नेयी शांति का विशद वर्णन है। शास्त्रों में इस प्रकार के अन्य अनेक उदाहरण हैं।

शांति मंत्रों में केवल कामनाएँ नहीं हैं, उनमें शिक्षाएँ भी हैं। ऋषियों का मानना है कि नाम-रूपवाला यह विश्व दैविक, भौतिक और आध्यात्मिक तापत्रयों का भंडार है। ये तीनों ताप ही प्राणी को बंधन में डालने वाले कारण हैं। इनसे छुटकारा पाने के लिए शांति मंत्रों में संक्षेप में ऐसे बहुविध संकेत हैं, जिनको अपनाकर हजारों-हजार साधकों ने अपना व समाज का कल्याण किया है। समय की एक लंबी कसौटी पर शांति मंत्रों का प्रयोग अनेक प्रकार से सराहा जाता रहा है। इसी कारण पारंपरिक प्रयोग आज तक यथावत् प्रचलित हैं और निश्चय ही भविष्य में भी किए जाते रहेंगे।

उपनिषदों की शिक्षाओं में एक दृष्टि है, जो यह समझाती है कि मानव जीवन में तीन प्रकार के विषयों का सामना करना पड़ता है। इन्हें उपनिषद् की शब्दावली में श्रेय, प्रेय और श्रेय-प्रेय विषय कहा जाता है। सामान्य शब्दों में यदि कहा जाए तो इन तीनों को क्रमश: हितकर, रुचिकर और हित-रुचिकर कह सकते हैं। श्रेय श्रेणी वाले विषय सदैव हितकर होते हैं और सात्त्विक गुण की प्रधानता वाले होते हैं। प्रेय श्रेणी वाले विषय रुचिकर तो होते हैं, लेकिन हितकर कभी नहीं होते और तामसिक गुण की प्रधानता लिये रहते हैं। तीसरी श्रेणी उन विषयों की है, जो श्रेय-प्रेय दोनों हैं अर्थात् हितकर भी हैं और रुचिकर भी। इनमें राजसिक गुणों की प्रधानता रहती है।

आयुर्वेद के अनुसार, ज्वर से पीड़ित रोगी के लिए चिरायते का

काढ़ा रुचिकर भले न हो, लेकिन उसके लिए सदैव हितकर है। वह रोगी यदि रुचिकर न होने के कारण काढ़ा रूपी औषधि को नहीं लेगा तो उसका जीवन खतरे में पड़ जाएगा। आज के भागमभागवाले जीवन में तंबाकू, मसाला, शराब आदि बेढंगे खान-पान एवं मनमाने रहन-सहन का प्रचलन खुलकर होने लगा है और यह भी कहा जाता है कि इनके सेवन से जीवन में आनेवाले तनावों से क्षणिक राहत तो मिलती ही है। इन तामसिक पदार्थों को लोग रुचिकर होने के कारण पसंद भी करते हैं; परंतु हम सबके सामने यह सत्य उजागर है कि इनका उपभोग हितकर बिलकुल नहीं है।

तीसरी श्रेणी के विषयों में गृहस्थों की अधिक आसक्ति होती है। इस श्रेणी के लोग संतुलित भोजन के पक्षधर हैं। वे स्वास्थ्यवर्धक और लोकोपकारी स्व-कर्तव्य का पालन करने की चेष्टा करते हैं। मानसिक और शारीरिक मनोरंजन के लिए तीर्थ-यात्राएँ, सत्संग, आनुष्ठानिक पूजन, योगाभ्यास आदि को धीरे-धीरे अपने नित्यजीवन से जोड़ते हैं। संयमी होकर गृहस्थ धर्म का निर्वाह करना श्रेय-प्रेय श्रेणी में गिना जाता है।

उपनिषद् की शिक्षाओं के अनुसार, विशुद्ध रूप से हितकर अर्थात् सात्त्विक विषय श्रेयमार्गी हैं और विशुद्ध रूप से रुचिकर अर्थात् तामसिक विषय प्रेयमार्गी हैं। जिन पदार्थों में दोनों गुण हों, वह श्रेय-प्रेय है। उपनिषदों के अनुसार, विवेक से संयुक्त बुद्धि-प्रधान कर्म और पदार्थ श्रेय श्रेणीवाले हैं, जो सभी कालों में सभी के लिए सर्वथा हितकर होते हैं; क्योंकि अनुभव बताता है कि इनको अपनानेवाला जीवन के परम लक्ष्य निःश्रेयस की ओर बढ़ने लगता है और इसे प्राप्त भी कर लेता है। इसके विपरीत, वासना से संयुक्त मनःप्रधान कर्म व विषय प्रेय श्रेणीवाले हैं। ये कर्म और विषय रुचिकर होने के कारण अधिक लोगों द्वारा अपनाए जाते हैं; परंतु अंततः इनका परिणाम दुःख ही होता है, क्योंकि तामसिक गुण जीवन को उलटी दिशा में ले जाता है। मन और

बुद्धि दोनों के समन्वय से एक सद्गृहस्थ बीच का रास्ता चुनता है। उसके कर्म लौकिक और पारमार्थिक दोनों लक्ष्यों की सिद्धि के लिए किए जाते हैं।

उपनिषदों की भाषा में वानप्रस्थ और संन्यास आश्रम के उपासनात्मक, ज्ञानात्मक और आत्मोन्नति लक्षणवाले कर्मों को श्रेय कर्म कहेंगे। ये उत्तम कर्म हैं, जो साधक को आत्मनिष्ठ और धीर बनाकर उसके जीवन को धन्यता प्रदान करते हैं। जिन कर्मों को एक सद्-गृहस्थ व्यवहारनिष्ठ होकर अपनाता है और जिन्हें प्रेय-श्रेय कहा गया है, वे कालांतर में श्रेयमार्गी ही हो जाते हैं। इन उभय-गुण कर्मों को मध्यम कर्म कहते हैं। विशुद्ध प्रेय अर्थात् रुचिकर लगनेवाले आसक्ति-लक्षण कर्मों को करनेवाला आश्रम-सिद्धांत का विरोधी है, मनमाना जीवन जीनेवाला है। इस प्रकार के लोगों की जीवन-कल्पना सर्वथा निष्ठा-शून्य होती है। योग-क्षेम को ही जीवन का पुरुषार्थ समझनेवाले ऐसे लोगों के लिए आहार, विहार, निद्रा, भय, मैथुन आदि पशुधर्म ही जीवन के लक्ष्य होते हैं और ये लोग अपना बहुमूल्य मानव जीवन व्यर्थ ही गँवा देते हैं। पतनोन्मुखी इन लोगों के कर्म आरंभ में रुचिकर प्रतीत होते हैं, लेकिन परिणाम में विष रूप सिद्ध होते हैं। इसीलिए इस प्रकार के कर्म अधम कर्म कहलाते हैं।

कर्मों की इस जटिल स्थिति में ऋषियों द्वारा शांति मंत्रों की व्यवस्था घनघोर अंधकारवाली सुरंग के अंत में प्रकाश की एक किरण देखने के समान है। शांति मंत्र जैसे-जैसे समझ में आने लगते हैं, मनुष्य श्रेय व प्रेय कर्मों को धीरे-धीरे पहचानने लगता है और यदि उसकी दृढ़ता बनी रहती है तो वह श्रेय मार्ग पर अवश्य अग्रसर हो जाता है।

शांति मंत्रों के पाठ का दूसरा कारण विद्वान् यह बताते हैं कि विश्व की सृष्टि का रहस्य कुछ ऐसा विचित्र है कि यहाँ दैवी और आसुरी शक्तियाँ एक-दूसरे की विरोधी बनकर सदैव क्रियाशील रहती हैं। इन दोनों शक्तियों को संसार की दो नियतियाँ भी कहा गया है। इन

दोनों नियतियों के पारस्परिक द्वंद्व के कारण सभी प्राणियों का जीवन संघर्षशील बना रहता है। संभवतः इसी द्वि-नियति के कारण विश्व का एक नाम 'दुनिया' भी है।

दैव भाव से संबंध रखनेवाली गुण-विभूति दैवी संपत्ति है, जो मानव जीवन के परम पुरुषार्थ मोक्ष को प्रदान करनेवाली है। इसके विपरीत, विश्व-भाव से संबंध रखनेवाली जो दोष-विभूति है, वह आसुरी संपत्ति है। यह आसुरी संपत्ति अपने बल-ग्रंथि रूप वारुण-पाश को निरंतर कड़ा करती रहती है। इसीलिए इसे बंधनकारी कहा जाता है। यद्यपि सृष्टि का यह एक अजीब कौतुक है कि ये दोनों शक्तियाँ प्रत्येक प्राणी और पदार्थ में विद्यमान रहती हैं तथा कर्म व विचार के स्तर पर इनका पारस्परिक संघर्ष निरंतर चलता रहता है। दैवी संपत्ति श्रेयमार्गी है और आसुरी संपत्ति प्रेयमार्गी। सृष्टि की एक विलक्षणता यह भी है कि दैव-भाव की ओर रहने के लिए बहुत अथक प्रयत्न करना पड़ता है। प्रत्येक शुभ कार्य अथवा संकल्प के समय पर आसुर-भाव के आक्रमण की संभावना बराबर बनी रहती है; बल्कि ऐसे समय पर आसुर-भाव का आक्रमण अवश्य होता है। जन-सामान्य में भी अकसर सुनने को मिलता है कि अच्छे काम के समय पर विघ्न-बाधाएँ अवश्य आती हैं। इन विघ्न-बाधाओं के निवारण के लिए औपनिषदिक शांति पाठों की व्यवस्था भारतीय जीवन-पद्धति में की गई है।

औपनिषदिक शांति मंत्रों के पाठ का तीसरा कारण उपनिषद् में वर्णित ब्रह्म विद्या है। 'मुंडक उपनिषद्' इसे परा विद्या कहती है। दिक्, देश, काल आदि की सीमाओं से परे रहनेवाली आत्मा एक ऐसा निष्कल और निर्विशेष तत्त्व है, जिसका बोध ब्रह्म विद्या ही करा सकती है। उपनिषदों का प्रतिपादन है कि आत्मा व्यापक होकर सर्वत्र और सर्वकाल में समान रूप से स्थित रहती है। आत्मा रूपी यह अद्भुत तत्त्व अनेक आवरणों से ढका हुआ है और अनेक प्रकार के अवरोध इसके साक्षात्कार को संपन्न नहीं होने देते हैं। इन आवरणों व अवरोधों में हमारी स्वास्थ्य

संबंधी समस्याएँ हैं, मानसिक विक्षेप करनेवाले चिंतन के विषय हैं, अंत:करण की शुद्धि का प्रश्न है और सद्गुरु की कृपा-दृष्टि पाने की अभिलाषा है। इन सब कठिनाइयों के निराकरण के लिए शांति मंत्रों में मंगलकामनाएँ एवं शुभ संकल्पों को दृढ़ करने का प्रावधान है।

इस संदर्भ में तपोनिष्ठ महात्माओं का कथन है कि जब कोई साधक सत्य बोलने का संकल्प लेता है अथवा सद्गुरु के साथ-साथ अपने आत्म-कल्याण की कामना करता है अथवा कटिबद्ध होकर श्रेयमार्ग को अपनाता है, तो उससे संपूर्ण विश्व प्रभावित होनेवाला होता है, क्योंकि इस तरह वह साधक अपने को सार्वभौमिक और शाश्वत उद्देश्यों से जोड़ लेता है। अतः उपनिषदों के शांति मंत्र वे विधान हैं, जो साधक को साधना के लिए पुष्ट बनाते हैं। वस्तुतः शांति मंत्रों से आरंभ और अंत होनेवाला स्वाध्याय मनोवैज्ञानिक रूप से भी दृढ़ता प्रदान करता है।

कुछ विद्वानों का आक्षेप है कि उपनिषद् के शांति मंत्रों में अनेक देवताओं के नाम लिये जाते हैं, जो ब्रह्म सिद्धांत के एकत्व को बाधित करनेवाले हैं, किंतु सच्चाई यह है कि ब्रह्म विद्या के प्रकरण में पठित इन शांति मंत्रों में सभी देवों को कार्य-विभाजन की दृष्टि से ब्रह्म की भिन्न-भिन्न शक्तियाँ ही समझना चाहिए। इन देवों अथवा शक्तियों का उल्लेख ऐसा ही है जैसे युद्ध के अवसर पर बलहीनता दिखाने पर कहा जाता है कि 'हाथ को धिक्कार है' या पर्वतारोहण के समय शिथिलता होने पर बोला जाता है कि 'पैर को धिक्कार है।' ये हाथ और पैर अपने आप में कोई अलग अस्तित्ववाले नहीं हैं, बल्कि एक शरीर के अंग मात्र हैं। इसी प्रकार इंद्र, वरुण, मित्र, सविता आदि सृष्टि के कार्य के लिए ब्रह्म की भिन्न-भिन्न शक्तियाँ हैं।

शांति मंत्र के अंत में शांतिः ! शांतिः !! शांतिः !!! का पाठ तापत्रयों की शांति के लिए किया जाता है। इन तापत्रयों में आधिदैविक ताप के अंतर्गत वे कष्ट अथवा विघ्न आते हैं, जिन पर हमारा किसी प्रकार नियंत्रण संभव नहीं है; जैसे भूकंप, बाढ़, ज्वालामुखी विस्फोट आदि।

पशु और मानवों के माध्यम से मिलनेवाले आधिभौतिक ताप वे दुःख हैं जो शारीरिक अथवा सांसारिक कारण से उत्पन्न होते हैं; जैसे वाहन दुर्घटनाएँ, प्रदूषण, अपराध, साँड़, सर्प आदि प्राणियों का आक्रमण। मानसिक रोग, क्रोध, निराशा, कुंठा, राग-द्वेष आदि को आध्यात्मिक ताप कहा जाता है। मानसिक कष्ट देनेवाले इन दुःखों के निवारण के लिए भी शांति से प्रार्थना की जाती है।

इस संदर्भ में एक अन्य तर्क भी दिया जाता है कि तीन बार 'शांति' शब्द का उच्चारण करने का प्रयोजन 'त्रिवारं सत्यम्' की मान्यता का कारण भी है। इसका तात्पर्य है कि किसी बात को यदि तीन बार दोहराया जाए तो वह विबुधजनों द्वारा सत्य मानी जाती है।

कुछ महात्मा यह भी मानते हैं कि एक बार 'शांति' शब्द कहना ईश्वर से संरक्षण हेतु प्रार्थना है। दूसरी बार 'शांति' कहना दैवी शक्तियों के प्रति आदर व सम्मान प्रकट करना है। तीसरी बार के 'शांति' शब्द के उच्चारण से आचार्य एवं शिष्य के पोषण, दीर्घायु और कल्याण की कामना है। कुछ अन्य महात्माओं के अनुसार, तीन बार 'शांति' शब्द का उच्चारण लोक-वासना, शास्त्र-वासना और देह-वासना रूपी त्रिवासनाओं से दूर रहने के लिए किया जाता है। समेकित रूप से कहें कि त्रिवार शांति शब्द का उच्चार सर्वतोभावेन स्वाध्यायी के कल्याण के लिए ही है।

आश्रम व्यवस्था में अपने-अपने संप्रदाय के अनुसार शांति मंत्रों का प्रचलन आज भी देखने-सुनने को मिलता है। आचार्य शंकर के अनुसार, ब्रह्म विद्या के आचार्यों एवं जिज्ञासुओं को चाहिए कि वे स्वाध्याय आरंभ करने से पहले उस परंपरा का कृतज्ञ भाव से नित्य स्मरण करें, जिसमें ब्रह्मा व विष्णु आदि देवगण हैं; ब्रह्म विद्या के प्रवर्तक याज्ञवल्क्य, वसिष्ठ आदि सिद्ध महर्षिगण हैं; संप्रदायगत परंपरा के आचार्य व्यास आदि मानवगण हैं तथा महान् वेदांत के प्रति समर्पित गौडपाद, गोविंदपाद आदि तत्त्वज्ञ सद्‍गुरुओं की एक अक्षुण्ण परंपरा है।

शांति मंत्रों के साथ मठों और गुरुकुलों में जो परंपरा मिलती है,

उसके अनुसार इष्ट देवता के स्तोत्र के कम-से-कम पाँच मंत्रों का पाठ करने के पश्चात् ही उपनिषद् या सूत्र ग्रंथों का अध्ययन आरंभ करना चाहिए। अध्ययन के उपरांत इसी क्रम को दोहराने की परिपाटी आज भी निभाई जा रही है। यह निश्चित है कि स्वाध्याय की यह विधि साधक को ज्ञानपर्यवसायी बनाने के लिए ही है।

ऋषिकेश और काशी के मठों में प्रचलित पाठ-विधि के अनुसार शांति मंत्र के पाठ के बाद श्रीदक्षिणामूर्ति स्तोत्र के प्रथम पाँच मंत्रों का पाठ स्वाध्याय के आरंभ में किया जाता है और अंत में इसी स्तोत्र के अंतिम पाँच मंत्रों का पाठ शांति मंत्र की पुनरावृत्ति के बाद किया जाता है।

□

शांति मंत्रों के मूल पाठ

उपनिषदों के स्वाध्याय के समय पढ़े जानेवाले शांति मंत्रों का उल्लेख मुक्तिकोपनिषद् (१/५१-५५) में बताया गया है। भक्त शिरोमणि हनुमानजी को भगवान् श्रीराम ने इसी प्रसंग पर एक प्रश्न का उत्तर देते हुए कहा कि उपनिषदों का अध्ययन करते समय प्रयुक्त होनेवाले पाँच शांति मंत्र हैं।

ऋग्वेद की सभी दस उपनिषदों—ऐतरेय, कौषीतकिब्राह्मण, नादबिंदु, आत्मप्रबोध, निर्वाण, मुद्‌गल, अक्षमालिका, त्रिपुरा, सौभाग्यलक्ष्मी तथा बह्वृच का शांति मंत्र निम्नलिखित है—

ॐवाङ् मे मनसि प्रतिष्ठिता मनो मे वाचि प्रतिष्ठितमाविरावीर्म एधि।

वेदस्य म आणीस्थः श्रुतं मे मा प्रहासीः।
अनेनाधीतेनाहोरात्रान्सन्दधाम्यृतं वदिष्यामि।
सत्यं वदिष्यामि।
तन्मामवतु।
तद्‌वक्तारमवतु।
अवतु मामवतु वक्तारमवतु वक्तारम्॥
ॐ शांतिः। शांतिः॥ शांतिः॥।

शुक्ल यजुर्वेद की सभी उन्नीस उपनिषदों—ईशावास्य, बृहदारण्यक, जाबाल, हंस, परमहंस, सुबाल, मंत्रिका, निरालंब, त्रिशिखिब्राह्मण,

मंडलब्राह्मण, अद्वयतारक, पैंगल, भिक्षुक, तुरीयातीत, अध्यात्म, तारसार, याज्ञवल्क्य, शाट्यायनी और मुक्तिका के लिए निम्नलिखित शांति मंत्र प्रयुक्त होता है—

ॐ पूर्णमदः पूर्णमिदं पूर्णात्पूर्णमुदच्यते।
पूर्णस्य पूर्णमादाय पूर्णमेवावशिष्यते॥
ॐ शांतिः। शांतिः॥ शांतिः॥।

कृष्ण यजुर्वेद की सभी बत्तीस उपनिषदों—कठवल्ली, तैत्तिरीय, ब्रह्म, कैवल्य, श्वेताश्वर, गर्भ, नारायण, अमृतबिंदु, अमृतनाद, कालाग्निरुद्र, क्षुरिका, सर्वसार, शुकरहस्य, तेजोबिंदु, ध्यानबिंदु, ब्रह्मविद्या, योगतत्त्व, दक्षिणामूर्ति, स्कंद, शारीरक, योगशिखा, एकाक्षर, अक्षि, अवधूत, कठरुद्र, रुद्रहृदय, योगकुंडली, पंचब्रह्म, प्राणाग्निहोत्र, वराह, कलिसंतरण और सरस्वतीरहस्य के लिए निर्धारित शांति मंत्र निम्नलिखित है—

ॐ सह नाववतु।
सह नौ भुनक्तु।
सह वीर्यं करवावहै।
तेजस्वि नावधीतमस्तु।
मा विद्विषावहै॥
ॐ शांतिः। शांतिः॥ शांतिः॥।

सामवेद की सभी सोलह उपनिषदों—केन, छांदोग्य, आरुणिक, मैत्रायणी, मैत्रेयी, वज्रसूचिका, योगचूडामणि, वासुदेव, महत्, संन्यास, अव्यक्त, कुंडिका, सावित्री, रुद्राक्षजाबाल, जाबालदर्शन और जाबालि के आरंभ व अंत में निम्नलिखित शांति मंत्र के पाठ का प्रावधान है—

ॐ आप्यायंतु ममाङ्गानि वाक्प्राणश्चक्षुः श्रोत्रमथो
बलमिन्द्रियाणि च सर्वाणि।
सर्व ब्रह्मौपनिषदं माहं ब्रह्म निराकुर्यां मा मा ब्रह्म
निराकरोद निराकरणमस्त्व निराकरणं मेऽस्तु।
तदात्मनि निरते य उपनिषत्सु धर्मास्ते मयि

संतु ते मयि संतु॥

ॐ शांतिः। शांतिः॥ शांतिः॥।

अथर्ववेद की सभी इकतीस उपनिषदों—प्रश्न, मुंडक, मांडूक्य, अथर्वशिरस्, अथर्वशिखा, बृहज्जाबाल, नृसिंहतापनीय, नारदपरिव्राजक, सीता, शरभ, त्रिपाद्विभूतिमहानारायण, रामरहस्य, रामतापनीय, शांडिल्य, परमहंसपरिव्राजक, अन्नपूर्णा, सूर्य, आत्मा, पाशुपत, परब्रह्म, त्रिपुरातापनीय, देवी, भावना, भस्मजाबाल, गणपति, महावाक्य, गोपालतापनीय, कृष्ण, हयग्रीव, दत्तात्रेय और गरुड के साथ पढ़ा जानेवाला शांति मंत्र निम्नलिखित है—

ॐ भद्रं कर्णेभिः श‍ृणुयाम देवाः भद्रं पश्येमाक्षभिर्यजत्राः।
स्थिरैरङ्गैस्तुष्टुवाँ सस्तनुभिर्व्यशेम देवहितं यदायुः॥
स्वस्ति न इन्द्रो वृद्धश्रवाः स्वस्ति न पूषा विश्ववेदाः।
स्वस्ति नस्ताक्ष्यो अरिष्टनेमिः स्वस्ति नो बृहस्पतिर्दधातु॥
ॐ शांतिः। शांतिः॥ शांतिः॥।

□

प्रमुख उपनिषदों का सार-संक्षेप

मुख्य उपनिषदें

उपनिषद् तत्त्वज्ञान में मूल स्रोत हैं। आत्मा-परमात्मा का अनुसंधान करनेवाली अध्यात्म विद्या अर्थात् ब्रह्म विद्या के समुद्र उपनिषद् हैं। इनमें ब्रह्म के तात्त्विक स्वरूप की विवेचना के साथ जीव और जगत् के संबंध में निष्कर्षात्मक विचार हैं। उपनिषदों में मानव जीवन के परम पुरुषार्थ मोक्ष-प्राप्ति के उपायों को ही नहीं बल्कि प्रकृति के समग्र को तत्त्वत: जाना गया है। ऋषियों ने अलग-अलग उपनिषदों में अलग-अलग ढंग से ब्रह्म विद्या का निरूपण किया है। उपनिषदों पर प्राचीन भाष्य अथवा टीकाएँ उपलब्ध नहीं होतीं। इससे यह अनुमान किया जाता है कि आचार्य शंकर से पहले संभवत: उपनिषदों की अलग से कोई पहचान नहीं थी। आचार्य शंकर ने अद्वैत सिद्धांत के प्रतिपादन के लिए उपनिषदों पर अपने भाष्य लिखे और इसके लिए जिन मुख्य उपनिषदों को चुना, उनकी संख्या मात्र ११ है। इनमें भी 'श्वेताश्वतर उपनिषद्' के भाष्य को कुछ विद्वान् आचार्य शंकर कृत नहीं मानते हैं। शेष दस उपनिषद् हैं—ईश, केन, कठ, प्रश्न, मुंडक, मांडूक्य, तैत्तिरीय, ऐतरेय, छांदोग्य और बृहदारण्यक।

वेदांत के प्रतिपादन में आचार्यों के मध्य जो मतभेद हैं, वैचारिक अंतर हैं, उन्हें ही भारतीय दर्शन में संप्रदाय कहा गया है। सभी संप्रदायों ने उपनिषदों को अपना आधार माना है और अपने मत के प्रतिपादन व

पुष्टि के लिए उपनिषदों से प्रमाण दिए हैं। वेदांत के संप्रदायों की भाँति शैव, वैष्णव, शाक्त, योग, संन्यास आदि उपासना-पद्धतियों के विचारकों ने भी उपनिषदों का सहारा लिया है। इसका परिणाम यह हुआ है कि अब जो उपनिषद् उपलब्ध हैं, उनकी विषय-वस्तु, शैली, तात्त्विक विश्लेषण आदि से उनके संप्रदाय को पहचाना जा सकता है। इनकी विशद व्याख्या यहाँ पर संभव नहीं है, लेकिन उपनिषदों से परिचित होने के पहले हम उन मुख्य उपनिषदों का अध्ययन करेंगे, जिन पर आचार्य शंकर और वेदांत के अन्य संप्रदाय के आचार्यों ने भाष्य लिखे हैं।

ईशावास्य उपनिषद्

ईशावास्य उपनिषद् अत्यधिक लोकप्रिय उपनिषद् है। ईश नाम की यह वाजसनेय उपनिषद् शुक्ल यजुर्वेद का चालीसवाँ अध्याय है। इस उपनिषद् को विद्वान् पूर्णोपनिषद्, सर्वोपनिषद् तथा मूलोपनिषद् भी कहते हैं। इसके प्रथम शब्द 'ईशावास्यमिदम्' से इसका नामकरण हुआ है। इस उपनिषद् में परम रहस्यमयी गूढ़ात्मा का वर्णन है। यह बतलाती है कि दिखाई पड़नेवाला समस्त संसार ईश का निवास है। मनुष्य को त्याग की वृत्ति अपनाकर निर्लिप्त भाव से संसार के पदार्थों का उपभोग करना चाहिए। इसका कथन है कि शास्त्रों में बताए गए कर्मों का पालन करते हुए सौ वर्ष तक जीने की इच्छा करनी चाहिए। विश्व में नाना प्रकार की योनियाँ हैं और अंधकार से ढके हुए अनेक लोक हैं। आत्म-विमुख लोगों को इन्हीं लोकों में बार-बार जाना पड़ता है। अत: सावधान होकर हमें उस आत्मा का अनुसंधान अवश्य करना चाहिए, जिसे देवता भी नहीं जान सके। यह उपनिषद् बतलाती है कि प्रत्येक प्राणी के हृदय में स्थित आत्मा अचल और अटल होते हुए भी मन से अधिक तेज गतिवाली है। वह अपनी विलक्षण गति-अगति के कारण हमसे दूर-से-दूर और समीप-से-समीप बनी रहती है। यह आत्मा शोक-मोह से परे है और आनंद से परिपूर्ण है। विद्या-अविद्या

तथा विनाशी-अविनाशी गुण-भावों को भली प्रकार से न समझने के कारण हम आत्मा के बारे में भ्रमित रहते हैं और बार-बार अंधकार से ढके लोकों में जाते हैं। आत्म-तत्त्व की पहचान और उसका बोध ही हमें अमृतमय लोक की प्राप्ति करा सकता है। अतएव उपनिषद् कहती है कि हमें प्रार्थना करनी चाहिए, जिससे उस परम आत्मा का दर्शन हो, जिसका श्रीमुख सत्य-स्वरूप तथा ज्योतिर्मय है। प्रार्थना यह भी करनी चाहिए कि वह आत्मा अपने सभी आवरण हटाकर हमें अपने तेज-स्वरूप में लीन करके हमारा कल्याण करे।

केन उपनिषद्

सामवेद की तलवकार शाखा की चार खंडोंवाली यह उपनिषद् अपने पहले शब्द 'केन' के कारण इसी नाम से पुकारी जाता है। यह उपनिषद् बहुत रोचक ढंग से प्रारंभ होती है। प्रश्न किया जाता है कि किसके द्वारा प्रेरित होकर मन, प्राण, कर्मेंद्रियाँ और ज्ञानेंद्रियाँ अपने-अपने काम करते हैं? इस उपनिषद् का अद्‍भुत कथन है कि जो श्रोत्र का श्रोत्र, मन का मन, प्राण का प्राण और संपूर्ण इंद्रियों का परम कारण है, उसी से ये सब उत्पन्न हुए हैं और उसी से शक्ति पाकर ये सब अपना-अपना कार्य करने में समर्थ होते हैं। ब्रह्म के स्वरूप को समझने के लिए इस सांकेतिक प्रतिपादन के साथ यह उपनिषद् कहती है कि उन सच्चिदानंद-घन परब्रह्म को अंत:करण और इंद्रियों से नहीं जाना जा सकता है।

मनुष्य जन्म को सार्थक करने की प्रेरणा देनेवाली 'केनोपनिषद्' में लिखा है कि जब तक यह दुर्लभ मानव शरीर विद्यमान है, हमें उस परब्रह्म को जान लेना चाहिए, जिससे इस लोक से चलकर हम अमरता को यानी उस परब्रह्म पुरुषोत्तम को प्राप्त हो सकें।

केन उपनिषद् का तृतीय खंड एक कथा से प्रारंभ होता है। इस कथा के माध्यम से अपने को संसार का कर्ता-धर्ता समझनेवाले अभिमानी

देवताओं की एक दिव्य यक्ष द्वारा ली गई परीक्षा का वर्णन है। कथा के अनुसार अभिमानवश इंद्र सहित देवताओं ने यह माना कि उन्होंने अपनी शक्ति और बल–पौरुष से असुरों को पराजित किया है। देवताओं पर कृपा करके उनके दर्प का नाश करने के लिए एकाएक वहाँ एक अति विचित्र, महाकाय व दिव्य यक्ष प्रकट हो गया। उसके भयंकर रूप को देखकर सभी देवता मन–ही–मन सहम गए और उसके बारे में जानने के लिए व्यग्र हो उठे। इंद्र ने अग्नि से कहा, ''हे जातवेद! आप जाकर इस यक्ष का पता लगाइए कि यह कौन है?'' अपनी बुद्धि और शक्ति पर गर्व करनेवाले अग्नि देवता उस दिव्य यक्ष के समीप गए और यक्ष को अपना परिचय बताते हुए कहा, ''मैं चाहूँ तो इस समस्त भूमंडल में जो कुछ दिखाई दे रहा है, उसे जलाकर राख का ढेर कर दूँ।'' अग्नि की गर्वोक्ति सुनकर यक्ष ने एक सूखा तिनका अग्नि के समक्ष रख दिया और कहा कि इसे जलाकर दिखाओ। अपनी पूरी शक्ति लगाने के बाद भी जब अग्नि से सूखा तिनका न जला तो उनका सिर लज्जा से झुक गया। देवताओं के पास आकर अग्नि ने कहा, ''मैं यह जानने में समर्थ नहीं हो सका कि यह यक्ष कौन है?''

अग्नि के वापस लौटने पर इंद्र ने अब वायु देवता को चुना। वायु ने कहा, ''बहुत अच्छा, अभी मैं पता लगाता हूँ कि यह यक्ष कौन है?'' वे दौड़कर यक्ष के पास पहुँचे और पूछने पर गर्व के साथ अपना परिचय दिया। यक्ष ने वही सूखा तिनका वायु के सामने रखा और कहा कि इसे उड़ाकर दिखाओ। वायु ने अपनी शक्ति लगा दी, लेकिन उस तिनके को जरा सा भी हिला न सके। अतः वे भी लज्जित होकर लौट आए।

अपने दो अति बलशाली देवताओं को असफल देखकर इंद्र ने स्वयं पता लगाने का निर्णय किया। जैसे ही वे यक्ष के पास पहुँचे, यक्ष अंतर्धान हो गया। इंद्र लौटे नहीं, वहीं खड़े रहे। उन्होंने देखा कि जहाँ पर वह दिव्य यक्ष था, ठीक उसी जगह अतिशय सुंदरी एवं अत्यंत शोभामयी हिमाचलकुमारी उमा देवी के रूप में साक्षात् ब्रह्मविद्या प्रकट

हो गई। इंद्र के प्रश्न करने पर भगवती उमा ने कहा कि जिस यक्ष-स्वरूप विराट् रूप का देवताओं ने दर्शन किया है, वे आनंद-स्वरूप ब्रह्म ही हैं। संसार के सभी प्राणी किसी-न-किसी प्रकार उन्हीं को प्राप्त करना चाहते हैं। उन्हीं की शक्ति पाकर आप लोग देवता बने हुए हैं। उन्हीं की शक्ति से विद्युत् का चमकना है।

इस उपनिषद् का संदेश है कि ब्रह्मविद्या का यह उपदेश तभी समझ में आता है, जब सावधानी के साथ विशेष साधनों से निर्विकार भाव से ब्रह्म की उपासना की जाए। तप, दम और कर्म ही वे विशेष साधन हैं, जो इस विद्या की सिद्धि कराते हैं और जो साधक ब्रह्मविद्या को भली-भाँति जान लेता है, उसके समस्त पाप-समूह नष्ट हो जाते हैं। वह अविनाशी, असीम व सर्वश्रेष्ठ परम धाम में सदा के लिए प्रतिष्ठित हो जाता है।

कठ उपनिषद्

'ईशावास्य उपनिषद्' के बाद सर्वाधिक प्रसिद्ध 'कठोपनिषद्' है। इसमें मृत्यु के देवता यम और वाजश्रवा के पुत्र नचिकेता का वह रोचक संवाद है, जिसमें ब्रह्मविद्या जानने के लिए एक बालक का हठ है और उसे भटकाने के लिए यम की ओर से अनेक प्रकार के प्रलोभन हैं। उपनिषद् की कथा है कि गौतम वंशीय वाजश्रवा के आत्मज महर्षि अरुण पुत्र उद्दालक ऋषि ने फल की कामना से विश्वजित् नामक यज्ञ किया। अपने सर्वस्व का दान इस यज्ञ की अपेक्षा है। नियमानुसार दान के लिए जब गायों को लाया गया तो ऋषि-पुत्र नचिकेता ने देखा कि इनमें वे गायें भी लाई गई हैं, जो जराजीर्ण हैं अर्थात् बूढ़ी हैं और दूध न देनेवाली हैं। नचिकेता व्यंग्यात्मक लहजे में आपत्ति के साथ अपने पिता से पूछता है कि पिताजी, मैं भी तो आपका धन हूँ, आप मुझे किसको देंगे? इसी प्रश्न को नचिकेता के तीसरी बार दोहराने पर उद्दालक ने खीजकर कहा, "मैं तुम्हें मृत्यु को देता हूँ।" यह वचन यद्यपि क्रोध

के आवेश में उद्दालक ने कहा था, लेकिन नचिकेता एक उत्तम पुत्र था और अपने पिता के वचन के प्रति सत्य संकल्प होकर जब यम के सदन पर पहुँचा तो पाया कि यमराज कहीं बाहर गए हुए थे। वह तीन दिनों तक बिना अन्न-जल ग्रहण किए उनकी प्रतीक्षा करता रहा।

वापस आने पर जब यमराज को सारी स्थिति ज्ञात हुई तो वह नचिकेता की पितृभक्ति और उसकी तीन दिनों की प्रतीक्षा के कारण बहुत प्रसन्न हुए और उससे तीन वर माँगने को कहा। प्रथम वरदान में नचिकेता ने माँगा कि उसके पिता क्रोध-रहित, शांतचित्त व संतुष्ट हो जाएँ और उसके वापस घर पहुँचने पर उसे पहले की भाँति पुत्र रूप में अंगीकार करें। दूसरे वरदान के लिए नचिकेता ने कहा कि स्वर्ग-प्राप्ति का साधन रूप और आत्म-तत्त्व का ज्ञान करानेवाली अग्नि का जो स्वरूप है अर्थात् यज्ञ में अग्निचयन का जो प्रावधान है, उसे भली प्रकार से समझा दीजिए। यमराज ने नचिकेता को संतुष्ट किया और कहा कि अब भविष्य में अग्नि के इस स्वरूप को 'नचिकेताग्नि' के नाम से जाना जाएगा।

तीसरे वरदान के लिए नचिकेता ने जो माँगा, वह आत्मज्ञान था। उसे आत्मा के अस्तित्व के संबंध में संदेह न था, लेकिन वह आत्मा की नित्य सत्ता, उसके स्वरूप, गुण और परम लक्ष्य परमात्मा की प्राप्ति में रुचि रखता था। अत: उसने यमराज से कहा कि तृतीय वर के लिए मुझे समझाएँ कि मरे हुए मनुष्य के लिए जो यह संशय है कि मरने के बाद उसकी आत्मा रहती है अथवा नहीं? नचिकेता का यही प्रश्न 'कठोपनिषद्' की मूल जिज्ञासा है और इसका यम द्वारा उत्तर उपनिषद् की आत्मा है।

पहले तो यमराज ने नचिकेता को प्रलोभन दिया और कहा, "तू सौ वर्षों की आयुवाले बेटे-पोते, बहुत पशु, हाथी, सुवर्ण और घोड़े माँग ले; विशाल भूमंडल माँग ले तथा अपने लिए मनचाही आयु ले ले; जो-जो दुर्लभ भोग हैं उन्हें माँग ले; लेकिन आत्मा संबंधी इस प्रश्न का आग्रह

मत कर।'' नचिकेता ने उत्तर दिया कि आपके द्वारा प्रस्तावित ये सभी भोग कल रहेंगे या नहीं और फिर इनका भोग इंद्रियों के तेज को क्षीण करनेवाला है, अत: मुझे केवल ब्रह्मविद्या की जिज्ञासा है।

नचिकेता की दृढ़ता से प्रभावित होकर यम ने उसे श्रेय-प्रेय मार्गों को बताया और कहा कि ये दोनों मार्ग एक-दूसरे के विरुद्ध स्वभाववाले तथा विपरीत फल देनेवाले हैं। तेरे समान श्रेय की दृढ़ इच्छावाला आत्म-तत्त्व का जिज्ञासु कोई बिरला ही होता है।

यमराज ने पहले 'ओम्' के स्वरूप का उपदेश दिया और कहा कि यह आत्मा न तो उत्पन्न होती है और न मरती है। आत्मा तो अजन्मा है, नित्य है, शाश्वत और पुरातन है। शरीर के मारे जाने पर भी वह नहीं मरती। नचिकेता को यमराज ने बताया कि यह आत्मा 'अणो: अणीयान् महत: महीयान्' अर्थात् अणु से अणु और महान् से भी महान् है। जीव की हृदय गुहा में स्थित यह आत्मा स्थित रहकर एवं शयन करते हुए भी दूर से दूर पहुँच जाती है। इस आत्मा को न तो वेदाध्ययन से प्राप्त किया जा सकता है और न धारणा शक्ति से अथवा अधिक श्रवण से। आत्मा रथी के समान है और शरीर रथ के समान। इंद्रियाँ उस रथ के घोड़े हैं। जो पुरुष विवेकयुक्त बुद्धि को सारथि बना लेता है और अपने मन को वश में रखनेवाला है, वही विषय रूपी संसार मार्ग को पार करके परम पद को प्राप्त करता है। अपने स्वभाव से आत्मा अशब्द है, अस्पर्श, अरूप है, अव्यय है। आत्मा रसहीन, नित्य और गंध-रहित है। यह आत्मा अनादि है और आनंद-स्वरूप है। इसे जानकर पुरुष मृत्यु के मुख से छूट जाता है और ब्रह्मलोक में महिमान्वित होता है।

आत्म-तत्त्व के ज्ञान में विघ्न और व्यवधान डालनेवाले कारणों का उल्लेख करते हुए यम ने नचिकेता से कहा कि पहले तो स्वयंभू परमात्मा ने इंद्रियों को बहिर्मुख करके हिंसक कर दिया और फिर शब्द, स्पर्श, रूप, रस और गंध रूपी बाह्य भोगों के आकर्षण से प्राणी को जकड़ दिया। अत: आत्मा को प्राप्त करने की जिज्ञासा वही मुमुक्षु कर पाते

हैं, जो तप से उत्पन्न हुए मन से संसार के भ्रमात्मक नानात्व में नहीं भटकते। अश्वत्थ वृक्ष का दृष्टांत देते हुए यम ने बताया कि यह संसार रूपी ऐसा विलक्षण वृक्ष है, जिसका मूल अर्थात् जड़ें ऊपर की ओर और शाखाएँ नीचे की ओर हैं। सभी लोक इसी सिद्धांत पर आधारित हैं।

यम ने नचिकेता से कहा कि उस परब्रह्म के भय से अग्नि तपती है, सूर्य तपता है और इंद्र, वायु तथा मृत्यु अपने-अपने कामों में लगे रहते हैं। वह न तो वाणी से, न मन से और न नेत्रों से प्राप्त किया जा सकता है। उसे तो तत्त्व-भाव से ही जानना चाहिए। यमराज ने बताया कि हृदय की एक सौ एक नाड़ियों में से एक नाड़ी मूर्धा का भेदन करके बाहर निकलती है। इसके माध्यम से ऊर्ध्व-गमन करनेवाला पुरुष ही अमरत्व को पाता है। आत्मा अंगुष्ठ मात्र है और सर्वदा हृदय गुहा में स्थित रहती है। जिस प्रकार मूँज से उसके भीतर रहनेवाली सींक को निकाला जाता है उसी प्रकार अप्रमादी होकर धैर्यपूर्वक आत्मा का अनुसंधान करना चाहिए।

प्रश्न उपनिषद्

छह प्रश्नोंवाली यह उपनिषद् अथर्ववेदीय है। इसमें छह ऋषियों के प्रश्न और महर्षि पिप्पलाद के उत्तर हैं। प्रश्नोपनिषद् के कथानक के अनुसार सुकेशा, सत्यकाम, सौर्यायणि, कौसल्य, भार्गव तथा कबंधी ब्रह्म विद्या की जिज्ञासा के साथ महर्षि पिप्पलाद के समक्ष इस आशय के साथ आते हैं कि वे हमें वह सब बता सकेंगे, जो कुछ हम जानना चाहते हैं। महर्षि पिप्पलाद ने प्रश्नों को सुनने से पहले ही छह ऋषियों से कहा, "तुम सभी लोग तपस्या, ब्रह्मचर्य और श्रद्धा से युक्त होकर एक वर्ष तक मेरे आश्रम में निवास करो, फिर इच्छानुसार प्रश्न करना।"

आश्रम-निवास की अवधि पूर्ण होने पर सबसे पहले कबंधी ने प्रश्न किया, "भगवन्। ये सारी प्रजा किससे उत्पन्न होती हैं?" विस्तार के साथ समझाते हुए महर्षि पिप्पलाद ने कहा कि प्रजापति ने तप करके

रयि और प्राण का जोड़ा उत्पन्न किया। इसमें प्राण आदित्य अर्थात् सूर्य से संबंधित है और रयि चंद्रमा से। सूर्य जीवनी शक्ति देता है और चंद्रमा स्थूल शरीर का पोषण करनेवाला है। तपते हुए सूर्य से प्रजाओं में प्राण का उदय होता है। संवत्सर प्रजापति है तथा दक्षिण और उत्तर इसके दो अयन हैं। संतान की इच्छा से ऋषि लोग दक्षिण मार्ग के कर्मों द्वारा अन्नात्मक प्रजापति रयि का निर्माण करते हैं। इसी प्रकार मास प्रजापति है और उसके कृष्ण पक्ष रयि और शुक्ल पक्ष प्राण हैं। दिन-रात भी प्रजापति हैं। इनमें दिन प्राण है और रात्रि रयि है। अन्न भी प्रजापति है। उसी से वीर्य बनता है और वीर्य से प्रजा उत्पन्न होती है।

दूसरा प्रश्न भार्गव का है। उन्होंने पूछा कि इस प्रजा को कितने देवता धारण करते हैं और उनमें से कौन-कौन इसे प्रकाशित करते हैं तथा कौन सर्वश्रेष्ठ है? महर्षि पिप्पलाद ने कहा कि आकाश, वायु, अग्नि, जल, पृथ्वी, वाक्, मन, चक्षु आदि सभी देव हैं और प्राणी के शरीर को आश्रय देते हैं तथा धारण भी करते हैं; लेकिन इनमें श्रेष्ठ प्राण हैं। अपने को प्राण, अपान, समान, व्यान और उदान रूप बनाकर यही प्राण सबके आश्रय बनते हैं। सूर्य, मेघ, इंद्र, वायु, पृथ्वी, रयि आदि जो कुछ सत्-असत् और अमृत है, सबके कारण प्राण हैं। प्राण ही शासक इंद्र हैं, संहारक रुद्र हैं और सौम्य रूप होकर माता के समान सभी प्रकार से रक्षा करनेवाले हैं।

प्राण की उत्पत्ति, स्थिति, लय आदि के संबंध में कौसल्य ने तीसरा प्रश्न किया। पिप्पलाद ने बताया कि आत्मा से प्राण उत्पन्न होते हैं और अपने मनोकृत संकल्प से शरीर धारण करते हैं। ये सभी इंद्रियों को उसी प्रकार नियुक्त करते हैं जैसे एक सम्राट् शासन-व्यवस्था के लिए अपने अधिकारियों की नियुक्ति करता है। पायु और उपस्थ को अपान, मध्य को समान, हृदय देश की एक सौ एक नाड़ियों, उनकी सौ-सौ शाखाओं और प्रत्येक शाखा की बहत्तर-बहत्तर हजार उप-नाड़ियों के संचार को व्यान चलाता है। पृथ्वी का जो देवता है, वह पुरुष की अपान

वायु को पकड़े हुए है। हृदय और पृथ्वी के बीच के आकाश को समान वायु तथा हृदयस्थ नाड़ियों को व्यान जकड़े हुए है। सूर्य का आदित्य रूप तेज ही उदान है और बाह्य संबंध को बनानेवाले की संज्ञा प्राण ही हैं। महर्षि पिप्पलाद ने कहा कि जो मनुष्य प्राण की उत्पत्ति, उसके आगम स्थान, उसकी व्यापकता, उसकी बाह्य एवं आध्यात्मिक भूमिका के रहस्य को भली-भाँति समझ लेता है, वह अमृत-स्वरूप परब्रह्म का बोध करते हुए आनंद से रहता है।

सौर्यायणि गार्ग्य ने महर्षि से चौथा प्रश्न पूछा, "भगवन्, इस पुरुष में कौन सोता है, कौन जागता, कौन स्वप्न देखता और कौन सबका अनुभवकर्ता है तथा ये सब किसमें प्रतिष्ठित हैं?" पिप्पलाद ने उत्तर देते हुए बताया कि इंद्रियों का लय स्थान आत्मा है। सुषुप्ति काल में प्राणाग्नि ही जागते हैं और स्वप्नावस्था में यही देव मन और सूक्ष्म इंद्रियों द्वारा अपनी विभूति का अनुभव करता है। निद्रा के समय यह मन उदान वायु के अधीन रहने के कारण स्वप्न नहीं देखता तथा इस स्थिति में मन, बुद्धि, इंद्रियाँ और प्राण आत्मा में ही आश्रय लेते हैं। महर्षि ने कहा कि जो द्रष्टा है, स्पर्श करनेवाला है, सुनने, सूँघने, स्वाद लेनेवाला, मनन करने और जाननेवाला है तथा इंद्रियों व मन के द्वारा कर्म करनेवाला जीवात्मा है, वह अविनाशी आत्मा में ही स्थित है। सबके परम कारण उस विज्ञान-स्वरूप परमात्मा को जाननेवाला सर्वज्ञ होकर सर्वरूप परमेश्वर में प्रविष्ट हो जाता है।

पाँचवाँ प्रश्न सत्यकाम ने पूछा कि जो पुरुष आजीवन ओंकारोपासना करता है, उसे किस लोक की प्राप्ति होती है? महर्षि पिप्पलाद ने कहा कि ओंकार ही परब्रह्म और अपरब्रह्म है। ओंकार का चिंतन करनेवाला मनुष्य मरने के बाद ही तप, ब्रह्मचर्य और श्रद्धा से संपन्न होकर जगत् के जिस ऐश्वर्य की इच्छा करता है, उसे प्राप्त कर लेता है और ऋग्वेद की ऋचाएँ उसे महिमावान् बना देती हैं। यदि कोई दो मात्राओं वाले ओंकार की उपासना करता है तो यजुर्वेद के मंत्र उसे मनोमय चंद्रलोक

की प्राप्ति करा देते हैं। यदि कोई साधक तीन मात्राओंवाले ओंकार-स्वरूप एकाक्षर द्वारा परब्रह्म की उपासना करता है तो सामवेद के मंत्र उसे तेजोमय सूर्यमंडल तक पहुँचाकर ब्रह्मलोक की प्राप्ति कराते हैं। ओंकारोपासना के रहस्य को जाननेवाले बाह्य जगत् में आसक्त नहीं होते और आत्मरूप परब्रह्म को पा लेते हैं, जिसके प्रभाव से ऐसे साधक जरा-रहित, मृत्यु-रहित, भय-रहित होकर परम शांति का अनुभव करते हैं।

सत्यवादी सुकेशा ने षोडश कलाओंवाले पुरुष को जानने की जिज्ञासा की। महर्षि पिप्पलाद ने कहा कि सोलह कलाओंवाले परमेश्वर ने विराट् रूप से जगत् को उत्पन्न किया। महासर्ग के आदि में उन्होंने पहले प्राण की रचना की, फिर श्रद्धा, पंचमहाभूत, अंतःकरण, इंद्रियाँ, अन्न, वीर्य, तप, मंत्र और लोकों को बनाया। सर्वसाक्षी सबके आत्मरूप परमात्मा से उत्पन्न यह सारी सृष्टि प्रलयकाल में उन्हीं परम पुरुष परमेश्वर में विलीन हो जाती है। अतः समस्त जगत् को उन्हीं के नाम से जाना जाता है। कल्याण की कामनावाले को सर्वाधार परमात्मा को जानने की इच्छा करनी चाहिए। उनसे श्रेष्ठ अन्य कुछ नहीं है।

इस प्रकार महर्षि पिप्पलाद ने छह ऋषियों के प्रश्नों का उत्तर देकर उन्हें ब्रह्मविद्या का ज्ञान करा दिया।

मुंडक उपनिषद्

तीन मुंडकों और प्रत्येक मुंडक में दो-दो खंडोंवाली यह उपनिषद् अथर्ववेदीय है। मुंडक उपनिषद् का प्रारंभ आचार्य परंपरा के वर्णन से होता है। ब्रह्मविद्या का उपदेश ब्रह्माजी ने अथर्वा को दिया। अथर्वा ने अंगी को सिखाया। अंगी से यह विद्या सत्यवह को मिली और सत्यवह ने वही विद्या अंगिरा को प्रदान की। महागृहस्थ शौनक ने विधिपूर्वक अंगिरा से पूछा, "भगवन्, किसके जान लेने पर सबकुछ जान लिया जाता है?" अंगिरा ने कहा कि ब्रह्मवेत्ताओं के अनुसार परा एवं अपरा दो प्रकार की विद्याएँ जानने के योग्य हैं। चारों वेद, शिक्षा, कल्प,

व्याकरण, निरुक्त, छंद और ज्योतिष अपरा विद्या है तथा जिससे उस अक्षर परमात्मा का ज्ञान होता है, वह परा विद्या है।

शौनक के प्रश्न के समाधान में अंगिरा ने बताया कि वह जो संपूर्ण भूतों का कारण है, वह अदृश्य है, अग्राह्य है, अगोत्र है, अवर्ण है और बिना आँख-कान वाला है। वह कर्मेंद्रियों से रहित है, नित्य और अविनाशी है। उसमें अनेक प्रकार के होने का सामर्थ्य है, इसीलिए विभु है, सर्वगत अर्थात् व्यापक है। वह आकाश के समान अत्यंत सूक्ष्म है। कभी ह्रास नहीं होने से वह अव्यय है। मकड़ी जैसे जाले को बनाती और निगल लेती है; जैसे पृथ्वी से ओषधियाँ उत्पन्न होती हैं, जैसे सजीव पुरुष के केश और लोम उत्पन्न होते हैं, वैसे ही अक्षर से यह विश्व प्रकट होता है। उसके ज्ञानमय तप और संकल्प मात्र से यह प्रत्यक्ष दीखनेवाला विराट् स्वरूप जगत् अपने-आप प्रकट हो जाता है तथा समस्त प्राणियों और लोकों के नाम, रूप, आहार आदि भी उत्पन्न हो जाते हैं।

प्रथम मुंडक के द्वितीय खंड में वर्णन है कि अपरा विद्या का विषय संसार है और परा विद्या का विषय मोक्ष है। इन दोनों विद्याओं की पहचान कराना ही मुंडक उपनिषद् का लक्ष्य है। यह ज्ञान-रहित कर्म की निंदा और अविद्या में डूबे लोगों को सावधान करती है। इसका कथन है कि इष्ट और पूर्त कर्मों को ही सर्वोत्तम मानने वाले महामूढ़ स्वर्गलोक की चाह में मनुष्यलोक से भी निकृष्ट लोकों में जाते हैं। लेकिन जो शांत, सावधान व विद्वान् हैं और भिक्षावृत्ति के साथ तप व श्रद्धा को अपनाए हुए हैं, वे पाप-रहित होकर सूर्य द्वार अर्थात् उत्तरायण मार्ग से वहाँ जाते हैं, जहाँ अमृतमय और अव्यय पुरुष वास करता है। इसी दृष्टि से ऐहिक और पारलौकिक भोगों की असारता को जाननेवाले साधक को संन्यास और गुरुपसदन का यही विधान इस उपनिषद् का विषय है, जिससे ब्रह्मविद्या का तत्त्वतः उपदेश पाकर साधक सत्य और अक्षर पुरुष का ज्ञान प्राप्त कर सके।

उपनिषद् के द्वितीय मुंडक के प्रथम खंड में एक दृष्टांत से समझाया गया है कि जिस प्रकार प्रदीप्त अग्नि से उसी के समान हजारों स्फुलिंग प्रकट हो जाते हैं और उसी अग्नि में विलीन हो जाते हैं, उसी प्रकार अक्षर ब्रह्म अनेक भावों से प्रकट होकर अपने में ही सबको लीन कर लेता है। ब्रह्म के पारमार्थिक स्वरूप को मुंडक उपनिषद् दिव्य, अमूर्त, पुरुष, बाहर-भीतर विद्यमान अजन्मा, अप्राण, मनोहीन विशुद्ध आदि कहती है। उपनिषद् का प्रतिपादन है कि ब्रह्म प्राण, मन, इंद्रियों, आकाश, वायु, तेज, जल और सारे संसार को धारण करनेवाली पृथ्वी को उत्पन्न करता है। ब्रह्म के विश्वरूप का वर्णन करते हुए मुंडक उपनिषद् कहती है कि द्युलोक स्थित अग्नि जिसका मस्तक है, चंद्रमा और सूर्य नेत्र हैं, दिशाएँ कान हैं, वेद उसकी वाणी है और संपूर्ण विश्व उसका हृदय है। चराचर जगत् की उत्पत्ति का क्रम बताते हुए अक्षर ब्रह्म को ही समस्त कर्मों और उनके साधनों को उत्पन्न करनेवाला कहा है। समुद्र, पर्वत, नदियाँ, ओषधियाँ, रस आदि सभी पदार्थ, कार्य और विषय ब्रह्मजनित ही हैं।

मुंडक उपनिषद् यह भी मानती है कि वह ब्रह्म आत्मा के रूप में शरीर की हृदय गुहा में स्थित है, इसलिए उसे 'गुहाचर' भी कहा जाता है। ब्रह्म को जानने, पकड़ने के लिए उपनिषदों में वर्णित धनुष को लेकर उस पर उपासना द्वारा तीक्ष्ण बाण चलाकर उसका वेधन करना चाहिए। इस क्रिया में प्रणव को धनुष, आत्मा को बाण कहते हुए उपनिषद् सावधान करती है कि वह ब्रह्म बहुत कठिनता से ही लक्षित होनेवाला है। अतः ओंकार का निरंतर चिंतन करते रहना चाहिए। उस परात्पर ब्रह्म का साक्षात्कार कर लेने पर जीव की हृदय-ग्रंथि टूट जाती है, बुद्धि के सारे संशय नष्ट हो जाते हैं और उस पुरुष के समस्त कर्म क्षीण हो जाते हैं। इसी स्थिति को ब्रह्म का सर्वव्यापकत्व कहा गया है, क्योंकि अब सारा जगत् सर्वश्रेष्ठ ही है और ब्रह्म ही इसके आगे है, ब्रह्म ही इसके पीछे। दाएँ-बाएँ और ऊपर-नीचे सब ओर ब्रह्म-ही-ब्रह्म का फैलाव प्रतीत होता है।

तृतीय मुंडक में प्रकारांतर से ब्रह्म का ही निरूपण है। यहाँ पर एक वृक्ष पर रहनेवाले दो पक्षियों का अत्यंत प्रसिद्ध दृष्टांत आता है। यहीं पर 'सत्यमेव जयते' का अति विख्यात उद्घोष यह स्मरण कराता है कि सत्य के अतिरिक्त अन्य सभी मार्ग मिथ्या हैं। उपनिषद् का प्रतिपादन है कि ज्ञान के प्रसाद से जो चित्त-शुद्धि होती है, वही आत्म-तत्त्व का साक्षात्कार कराती है, क्योंकि वह न तो नेत्र से ग्रहण किया जा सकता है और न वाणी से; न अन्य इंद्रियाँ उस तक पहुँच पाती हैं और न ही कोई तप या कर्म। उपनिषद् आत्मदर्शन कराने का दावा करनेवाले अन्य साधनों के प्रति सावधान करती है और विश्वास दिलाती है कि आत्मज्ञानी ही ज्ञान तृप्त, कृत-कृत्य, विरक्त और प्रशांत हो जाते हैं, और शुद्ध चित्त पुरुष देह-त्याग करके अमरभाव को प्राप्त होकर भव-बंधन से उसी प्रकार मुक्त हो जाता है जैसे नदियाँ अपने नाम-रूप को त्यागकर समुद्र में मिल जाती हैं।

अंत में मुंडक उपनिषद् की अद्‌भुत घोषणा है कि 'ब्रह्मवेद ब्रह्मैव भवति' अर्थात् परब्रह्म को जाननेवाला ब्रह्म ही हो जाता है।

मांडूक्य उपनिषद्

अथर्ववेद की इस उपनिषद् में कुल बारह मंत्र हैं। परमाचार्य गौडपाद, जो आद्य शंकराचार्य के दादा गुरु हैं, ने इस उपनिषद् पर अपनी वे प्रसिद्ध कारिकाएँ लिखी हैं, जिन्हें आधार मानकर आचार्य शंकर ने अद्वैत मत की दार्शनिक व्याख्या की है।

मांडूक्य उपनिषद् ॐ को ही सबकुछ मानता है। 'अयमात्मा ब्रह्म' अर्थात् आत्मा ही ब्रह्म है, का आप्त वचन इसी उपनिषद् में मिलता है। इसने आत्मा को चार पादोंवाला कहा है। आत्मा का पहला पाद वैश्वानर है, जिसके सात अंग हैं। द्युलोक सिर है, सूर्य नेत्र है, वायु प्राण है, आकाश मध्य स्थान है, अन्न मूत्र स्थान है और पृथ्वी चरण है। आत्मा के उन्नीस मुख हैं जिनमें पाँच ज्ञानेंद्रियाँ, पाँच कर्मेंद्रियाँ, पाँच

प्राण तथा मन, बुद्धि, चित्त और अहंकार हैं। आत्मा के दूसरे पाद का नाम तैजस है और स्वप्न ही इसका स्थान है। सुषुप्तिवाला प्राज्ञ आत्मा का तीसरा पाद है। आत्मा के ये तीनों पाद कारण-वाच्य कहलाते हैं, जबकि तुरीयावस्था का चौथा पाद कर्मवाच्य है।

उपनिषद् के अनुसार, आत्मा का चौथा पाद तुरीय न अंत:प्रज्ञ है, न बहिष्प्रज्ञ है, न उभयत: प्रज्ञ है, न प्रज्ञानघन है, न प्रज्ञ है और न अप्रज्ञ है। वस्तुत: जानने योग्य यह आत्मा अदृष्ट है, अव्यवहार्य है, अग्राह्य है, अलक्षण है, अचिंत्य है, अव्यपदेश्य है, एकात्म प्रत्ययसार है, शांत, शिव और अद्वैत रूप है। यह आत्मा अक्षर की दृष्टि से ओंकार है। अकार, उकार तथा मकार इसकी मात्राएँ हैं। अमात्र लक्षण वाली मात्रा इसकी अर्धमात्रा है। अकार जाग्रत स्थान है, उकार स्वप्न स्थान है और मकार सुषुप्ति स्थान है। इस ओम् को जाननेवाला अपनी संपूर्ण कामनाओं को प्राप्त कर लेता है। ऐसे ब्रह्मज्ञानी के वंश में ब्रह्मज्ञान से हीन पुरुष नहीं होता और यह ब्रह्मज्ञानी संपूर्ण जगत् में सम्मानित होता है। इस प्रकार 'मांडूक्य उपनिषद्' का प्रतिपादन है कि मात्रा-रहित तुरीयावस्था ही आत्मा है और जो इसे जानता है, वह इसी में प्रवेश कर जाता है।

ऐतरेय उपनिषद्

ऐतरेय ब्राह्मण के द्वितीय आरण्यक के अध्याय ४, ५ तथा ६ को ही ऐतरेय उपनिषद् के नाम से जाना जाता है। इस उपनिषद् में प्रज्ञानात्मा नामक प्रज्ञान ब्रह्म का वर्णन है। यह उपनिषद् ऋग्वेदीय है। इसमें तीन अध्याय हैं, जिनमें प्रथम अध्याय के दो खंड हैं तथा द्वितीय और तृतीय अध्याय एक-एक खंडवाले हैं। आचार्य शंकर ने अपने भाष्य में इस उपनिषद् के महत्त्व को समझते हुए इसकी विस्तृत भूमिका लिखी है और केवल संन्यासी को ब्रह्मविद्या का अधिकारी माना है।

'ऐतरेय उपनिषद्' के अनुसार, दिखाई पड़नेवाले इस जगत् की सृष्टि से पहले एकमात्र आत्मा ही थी। उसने सोचा कि लोकों की रचना

करूँ और उसने अंभ, मरीचि, मर और आप: लोकों की रचना की। इन्हें क्रमशः स्वर्ग, अंतरिक्ष, पृथ्वी और जल कहा जाता है। इन लोकों में द्युलोक पर आधारित स्वर्ग के ऊपर के महः, जनः, तप: और सत्य लोक भी सम्मिलित हैं। अंतरिक्ष लोक में स्थित सूर्य, चंद्रमा और तारागण भी उसी ने रचे हैं। मृत्युलोक पृथ्वी और उसके बाद पातालादि लोक हैं, जो उसी ने बनाए हैं। इन लोकों की रक्षा के लिए उसने लोकपालों की रचना भी की है। इस प्रकार उसके रचे हुए सभी ब्रह्मादि देवताओं के लिए आश्रय स्थान और उनके अन्न के लिए पहले गौ को लाया गया; लेकिन देवताओं ने कहा कि ''यह हमारे लिए पर्याप्त नहीं है।'' फिर घोड़ा रचा गया। देवताओं ने उसे भी अपर्याप्त कहा। फिर उसने पुरुष की रचना की और देवताओं ने इसे अपना आश्रय स्थान माना। अग्नि देवता ने वागिन्द्रिय बनकर पुरुष के मुख में प्रवेश किया। वायु देवता ने प्राण रूप होकर नासिका रंध्रों को अपना निवास बनाया। सूर्य ने चक्षु-इंद्रिय को अपना स्थान माना। दिशाओं ने श्रवण इंद्रिय को अपनाया। ओषधियों और वनस्पतियों ने लोम के माध्यम से पुरुष की त्वचा में प्रवेश किया। चंद्रमा ने मन होकर हृदय को अपना स्थान माना। मृत्यु ने अपान के रूप में नाभि को अपना घर बनाया और जल ने वीर्य का रूप लेकर लिंग में प्रवेश किया। सबसे अंत में परमात्मा मूर्द्ध द्वार से पुरुष में प्रवेश करके शरीर में सर्वत्र जीव-रूप से व्याप्त हो गया।

इस उपनिषद् में 'इंद्र' शब्द की व्युत्पत्ति भी बताई गई है। जीव-रूप से अंतर्यामी ब्रह्म 'इदम्' कहे जाने से 'इदंद्र' हुआ, जिसे ब्रह्मवेत्ता लोग परोक्ष रूप से 'इंद्र' कहकर पुकारते हैं।

सृष्टि-निर्माण की प्रक्रिया के सुंदर विवेचन के साथ इस उपनिषद् में बताया गया है कि प्रज्ञान रूपी आत्मा ही ब्रह्म है, इंद्र है, प्रजापति है, समस्त देवता है, पंचभूत है और जो कुछ भी प्राणिवर्ग है, वह सब प्रज्ञान में ही स्थित है। प्रज्ञा ही उन सबका लय स्थान है। अत: प्रज्ञान ही ब्रह्म है।

'ऐतरेय उपनिषद्' का संदेश है कि जगत् की विलक्षणता पर विचार

करके मनुष्य को इसके कर्ता-धर्ता को जानने और पाने की जिज्ञासा करनी चाहिए। यह जिज्ञासा केवल मनुष्य शरीर में ही हो सकती है, अत: जीवन का सदुपयोग करना ही मानवमात्र का धर्म है।

तैत्तिरीय उपनिषद्

कृष्ण यजुर्वेद के तैत्तिरीय आरण्यक के सातवें, आठवें और नौवें अध्यायों को 'तैत्तिरीय उपनिषद्' कहा जाता है। 'ईशोपनिषद्' के समान यह उपनिषद् सर्वोपनिषद् बन सकी है। इस उपनिषद् के तीन भाग हैं, जिन्हें क्रमश: शीक्षावल्ली, ब्रह्मानंद वल्ली और भृगु वल्ली कहते हैं और प्रत्येक वल्ली में क्रमश: १२, ९ और १० अनुवाक हैं। परात्पर ब्रह्म इसका प्रधान विषय है।

शीक्षा वल्ली में वेद मंत्रों के सही उच्चारण की शिक्षा है। इस उपनिषद् में बताया गया है कि वेदों में अधिलोक, अधिज्योतिष, अधिविद्य, अधिप्रज और अध्यात्म नामक पाँच अधिकरणों को महासंहिता कहा जाता है। अधिलोक दर्शन में उपासना का वर्णन है। इसका प्रथम वर्ण पृथ्वी है, अंतिम वर्ण द्युलोक है और मध्यम भाग आकाश है। तीनों का परस्पर संबंध वायु संधान है। अधिज्योतिष दर्शन में प्रथम वर्ण अग्नि है, अंतिम आदित्य और मध्य भाग जल है। इन तीनों का विद्युत् संधान है। अधिविद्य दर्शन में प्रथम वर्ण आचार्य है, अंतिम वर्ण शिष्य है और मध्यम भाग विद्या है। प्रवचन इसका संधान है। अधिप्रज दर्शन में प्रथम वर्ण माता है, अंतिम वर्ण पिता और प्रजा संधि है तथा प्रजनन संधान है। अध्यात्म दर्शन में प्रथम वर्ण नीचे का हनु है, अंतिम ऊपर का हनु, वाणी संधि है तथा जिह्वा संधान है।

'तैत्तिरीय उपनिषद्' में श्री और बुद्धि की कामनाओं के लिए जप व होम संबंधी मंत्रों की चर्चा के साथ यशस्वी, प्रशंसनीय, धनवान आदि होने की कामना की गई है। ब्रह्म जिज्ञासा के साथ यह उपनिषद् ब्रह्म के स्वरूप को बतलाती है और उसकी साक्षात् उपलब्धि का स्थान

हृदयाकाश में कहा गया है, जिसमें अमृत-स्वरूप हिरण्मय पुरुष का निवास है। यही हिरण्मय पुरुष मन, वाणी, चक्षु, श्रोत्र और सारे विज्ञान का पति है। फिर पाँच के समूहवाले छह पाँक्तों का वर्णन है। पृथ्वी, अंतरिक्ष, द्युलोक, दिशाएँ और अवांतर दिशाएँ लोकपाँक्त हैं। अग्नि, वायु, आदित्य, चंद्रमा और नक्षत्र देवता पाँक्त हैं। आप, ओषधि, वनस्पति और आत्मा अधिभूत पाँक्त हैं। प्राण, व्यान, अपान, उदान और समान वायु पाँक्त हैं। चक्षु, श्रोत्र, मन, वाक् और त्वचा इंद्रिय पाँक्त हैं तथा चर्म, मांस, स्नायु, अस्थि और मज्जा धातु पाँक्त हैं। इन छह को आध्यात्मिक पाँक्त भी कहते हैं, क्योंकि इनको भली-भाँति जाननेवाला प्रजापति के स्वरूप में स्थित होता है।

इसके बाद 'तैत्तिरीय उपनिषद्' 'ॐ' को शब्द ब्रह्म और सर्वस्व कहते हुए ओंकारोपासना का सुंदर विधान बताता है। इसमें श्रौत तथा स्मार्त नित्य कर्मों का अनुकरणीय उल्लेख है। शीक्षा वल्ली के अंतिम भाग में त्रिशंक ऋषि का वेदानुवचन और वेदाध्ययन के अनंतर शिष्य के लिए आचार्य का वह लोक-प्रसिद्ध संदेश है, जिसमें 'सत्यं वद। धर्मं चर। स्वाध्यायान्मा प्रमदः' आदि का उपदेश है। इस प्रकार मोक्ष साधन की मीमांसा करते हुए शीक्षा वल्ली के बारह अनुवाक समाप्त होते हैं।

ब्रह्मानंद वल्ली में ब्रह्मविद्या का फल परमात्मा की प्राप्ति कहकर सृष्टि का संक्षिप्त वर्णन है। फिर आत्मज्ञान कराने के लिए अन्नमय, प्राणमय, मनोमय, विज्ञानमय तथा आनंदमय कोशों का विज्ञानपरक चित्रण है। उपनिषद् में सावधान किया गया है कि यदि पुरुष असत् को ब्रह्म मानता है तो वह स्वयं भी असत् हो जाता है। इसी कारण ब्रह्मवेत्ता सत् मानकर उसका अनुसंधान करते हैं। एक अनुप्रश्न की व्याख्या में 'तैत्तिरीय उपनिषद्' का प्रतिपादन है—"निरुक्तं चानिरुक्तं च। निलयनं चानिलयनं च विज्ञानं चाविज्ञानं च। सत्यं चानृतं च सत्यमभवत्। यदिदं किंच तत्सत्यमित्याचक्षते।" अर्थात् मूर्त-अमूर्त कहे जाने योग्य और न कहे जाने योग्य, आश्रय-अनाश्रय, चेतन-अचेतन, सत्य-असत्य जो कुछ

देखने, सुनने तथा समझने में आता है, वह सबका सब सत्य-स्वरूप परमात्मा है।

अभय प्राप्ति को आनंदस्वरूप ब्रह्म का माहात्म्य बताते हुए तैत्तिरीय उपनिषद् का अद्‍भुत उद्‍घोष है कि 'ब्रह्म के भय से वायु चलता है, इसी के भय से सूर्य उदित होता है और इसी के भय से अग्नि, इंद्र और मृत्यु दौड़ते रहते हैं। भय का कारण ब्रह्म का आनंद-स्वरूप होना ही है। ब्रह्म की आनंद-स्वरूपता को समझाते हुए उपनिषद् कहती है कि साधु स्वभाववाला नवयुवक यदि वेदज्ञानी हो, अत्यंत आशावादी हो, अत्यधिक दृढ़ और बलिष्ठ हो, धन-धान्य से परिपूर्ण यह संपूर्ण पृथ्वी उसी की हो तो यह एक मानुष आनंद है। इसका सौ गुना गंधर्वों का एक आनंद है। उन गंधर्वों के सौ आनंदों के समान देव-गंधर्वों का एक आनंद है। देव-गंधर्वों के सौ आनंद नित्यलोक के पितृगण के एक आनंद के समान है। पितृगणों के सौ आनंदों के बराबर आजानज अर्थात् जन्मजात देवताओं का एक आनंद है और इनका सौ गुना अग्निहोत्रादि कर्म करके देवत्व को प्राप्त करनेवाले कर्मदेव देवताओं का एक आनंद है। इनके आनंद का भी सौ गुना देवताओं का एक आनंद है और देवताओं के सौ आनंदों की बराबरी का इंद्र का एक आनंद है। इंद्र के सौ आनंदों के समान बृहस्पति का एक आनंद है। बृहस्पति के सौ आनंदों के बराबर प्रजापति का एक आनंद है और प्रजापति के सौ आनंद मिलकर ब्रह्मा के एक आनंद को बनाते हैं। लेकिन ये सारे आनंद उस श्रोत्रिय ब्रह्मनिष्ठ को प्राप्त होते हैं, जो अकामहत है अर्थात् कामना से पीड़ित नहीं है। उपनिषद् का प्रतिपादन है कि इस पंच-कोशात्मक देह में रहनेवाला पुरुष यदि ब्रह्म के आनंद का अनुभव पा जाए तो वह किसी पाप-पुण्य के ताप से भयभीत नहीं होता।

'तैत्तिरीय उपनिषद्' की भृगु वल्ली में वरुण और उनके पुत्र भृगु की ब्रह्म विषयक प्रसिद्ध आख्यायिका है। भृगु ने अपने पिता से सीधा प्रश्न किया, "भगवन्, मुझे ब्रह्म का बोध कराइए।" वरुण ने कहा कि

पहले विशेष रूप से यह जानने की जिज्ञासा करो कि क्या अन्न, प्राण, नेत्र, श्रोत्र, मन और वाक् ब्रह्म की उपलब्धि के द्वार हैं ? तब भृगु ने तप किया और निश्चित रूप से जान लिया कि अन्न ब्रह्म है, क्योंकि इसी से सब प्राणी उत्पन्न होते हैं, जीवित रहते हैं और इसी में लीन होते हैं। भृगु का निष्कर्ष सुनकर वरुण ने कहा, ''ब्रह्म को तप के द्वारा जानने की इच्छा करो।'' पिता की आज्ञा को शिरोधार्य करके भृगु ने तप किया और जाना कि 'प्राण ब्रह्म है, क्योंकि प्राणी इन्हीं प्राण के कारण उत्पन्न, जीवित और मरणोन्मुख होता है।' वरुण ने पुन: तप करने का परामर्श दिया। अब भृगु ने जाना कि 'मन ब्रह्म है।' वरुण ने कहा कि अभी और तप करो। भृगु ने अबकी बार तप से लौटकर कहा कि 'विज्ञान ब्रह्म है।' वरुण ने अपने परामर्श को फिर दोहराया और कहा, ''भृगु, तू तप के द्वारा ही ब्रह्म को जानने में लग जा।'' भृगु ने फिर कठोर तप किया और जाना कि 'आनंद ब्रह्म है।' उपनिषद् की घोषणा है कि भृगु की जानी हुई और वरुण द्वारा उपदेशित यह विद्या परमाकाश में स्थित है और इसे विद्वान् भार्गवी-वारुणी विद्या के नाम से पुकारते हैं और इसको जाननेवाला ब्रह्म में स्थित होता है।

वरुण और भृगु की इस कथा का संदेश है कि अन्न की निंदा न करने, अन्न का त्याग न करने तथा अन्न का संचय करने का व्रत सभी को लेना चाहिए, जिससे आकाश रूप अन्न की पहचान हो सके। इस प्रकार अन्न की महिमा को जानकर उपनिषद् में अतिथि-सेवा का उपदेश है, जो प्रकारांतर से ब्रह्म ही की उपासना है। 'तैत्तिरीय उपनिषद्' का आशय है कि अन्न ही भोग्य है, अन्न ही भोक्ता है। अन्न ही सत्य-असत्य जगत् में पहले उत्पन्न हुआ। अत: जो अन्न-स्वरूप ब्रह्म का दान नहीं करता और स्वयं भोक्ता है, उसका अन्न रूप ब्रह्म ही भक्षण करता है।

श्वेताश्वतर उपनिषद्

कृष्ण यजुर्वेद की इस मंत्रोपनिषद् के वक्ता श्वेताश्वतर ऋषि हैं।

इस उपनिषद् से वेदांत के सभी संप्रदायों ने अपने मतों की पुष्टि के लिए सूत्र ढूँढ़े हैं। उपनिषद् का प्रारंभ ब्रह्मवादियों के उस विचार से होता है, जिनमें वे प्रश्न करते हैं कि जगत् का कारणभूत ब्रह्म कैसा है? संसार की उत्पत्ति, प्रतिष्ठा, स्थिति कहाँ और किसके द्वारा होती है? सुख-दुःख के अधीन रहनेवाला जीवात्मा जैसे इसका कारण नहीं हो सकता, वैसे ही काल, स्वभाव, नियति, यदृच्छा, भूत और पुरुष के संयोग से उत्पन्न आत्मा क्या इसका कारण हो सकती है?

ऋषियों ने ध्यान द्वारा उस ब्रह्म को देखा और जाना कि उसके ऐसे अनेक गुण और कार्य हैं जिनमें से एक भटकाने और भ्रमित करनेवाले जगत् का प्रारंभ है। उसका समस्त कारणों का अधिष्ठान होना; सत्त्व, रज, तम गुणवाला होना; विकारों, विपर्ययों, तुष्टियों, सिद्धियों, अष्टकों को उत्पन्न करना और विश्वरूप पाश आदि के साथ पचास भेदोंवाली नदी रूपी सृष्टि का सृजन सम्मिलित है। इस ब्रह्म-चक्र से अपने को अलग मानकर अपने भोग भाव के कारण सभी जीव भ्रमित रहते हैं और ज्ञान-भाव के साथ ब्रह्म की अभिन्नता का अनुभव करनेवाले अमृतत्व के साथ समस्त पापों से मुक्ति पा जाते हैं। ज्ञान-भाव के साथ ब्रह्म की अभिन्नता का अनुभव करने वाले अमृतत्व के साथ समस्त पापों से मुक्ति पा जाते हैं। ज्ञान-भाव से सभी क्लेशों का नाश हो जाता है और जन्म-मृत्यु से निवृत्ति मिल जाती है। श्वेताश्वतर उपनिषद् की घोषणा है कि ब्रह्म जाना जा सकता है और इसे अपनी आत्मा में ही जानना चाहिए, क्योंकि वहाँ पर यह सर्वदा स्थित रहता है। काष्ठ में जैसे अग्नि छिपी रहती है और ईंधन के कारण प्रकट हो जाती है, वैसे ही प्रणव के द्वारा आत्मा का ग्रहण किया जा सकता है। तिलों में तेल, दही में घी, स्रोतों में जल तथा काष्ठ में अग्नि के समान तप द्वारा बारंबार प्रयत्न करने पर आत्मा में आत्मा दिखाई देती है।

उपनिषद् के दूसरे अध्याय में तत्त्वज्ञान की प्राप्ति के लिए सविता देव से प्रार्थना है, क्योंकि उनकी अनुज्ञा के बिना कर्मों में ही प्रवृत्ति

बनी रहती है। इसके लिए प्राणायाम एक विधि है। युक्त आहार-विहार के साथ प्राणायाम के अभ्यास से निरोगता, विषयासक्ति से निवृत्ति, शारीरिक कांति, स्वर की मधुरता तथा मल-मूत्र की न्यूनता रूपी प्रथम योग-सिद्धि मिलती है, फिर आत्म-तत्त्व का साक्षात्कार साधक को अद्वितीय, कृतकृत्य और शोक-रहित बनाकर समस्त बंधनों से मुक्त कर देता है। उसे अनुभव होता है कि एक ही देव दिशा-विदिशा में है, सर्वतोमुख है, अग्नि, जल, ओषधि, वनस्पतियों में है और उसी ने सभी भुवनों व लोकों को व्याप्त कर रखा है।

तृतीय अध्याय में ब्रह्म को 'जालवान्' (मायावी) की संज्ञा दी गई है, क्योंकि जगत् रूप जल का वही अधिपति है। इसे ही वेदांत में मायापति कहते हैं। किसी भिन्न की अपेक्षा ही न रहे, इसलिए 'एको हि रुद्रो न द्वितीयाय तस्थुः' अर्थात् वह रुद्र एक ही है, उसने किसी दूसरे का आश्रय नहीं लिया और इसीलिए समस्त जीवों के भीतर स्थित होकर लोकों की रचना करता है, रक्षक होकर पालन करता है और प्रलयकाल में अपने में ही लीन कर लेता है। सब ओर उसके नेत्र हैं, मुख हैं, भुजाएँ और पैर हैं। उससे प्रार्थना है कि वह अपना अघोर, पापनाशक, कल्याणकारी तथा परम शांत रूप हमारे सामने प्रकट करे और अपने धनुष में ताने हुए बाण को कल्याण-स्वरूप बनाए। ब्रह्मवेत्ताओं का ऐसा अनुभव है कि यह अंगुष्ठ मात्र पुरुष अंतरात्मा अर्थात् समस्त जीवों के हृदय में स्थित है और उसके सहस्त्र सिर हैं, सहस्त्र नेत्र व सहस्त्र चरण हैं। वह भूमि को सब ओर से अपने दस अंगुल के परिणाम से कुछ अधिक व्याप्त और अतिक्रमण किए हुए है। यद्यपि वह इंद्रिय वृत्तियों के रूप में भासित हो रहा है, लेकिन है वह इंद्रियों से रहित। वह सबका प्रभु, शासक, आश्रय और कारण है। देह के नौ द्वारों से वह बाह्य विषयों के ग्रहण करने की चेष्टा किया करता है। हाथ-पाँव रहित होकर भी वह ग्रहण करनेवाला और वेगवान् है। वह नेत्रहीन होकर देखता है, कर्णहीन होने पर भी सुनता है। वह सभी को जानता है, किंतु उसे कोई

नहीं जानता। इसीलिए ऋषि उसे सबका आदि, पूर्ण और महान् कहते हैं। वह अणु से अणु और महान् से महान् है।

सद्‌बुद्धि के लिए प्रार्थना से श्वेताश्वतर उपनिषद् का चौथा अध्याय प्रारंभ होता है। परमात्मा की सर्वरूपता के वर्णन के साथ जीव और ईश्वर की विलक्षणता को स्पष्ट करने के लिए यहाँ पर 'द्वा सुपर्णा सयुजा सखाया...' का अति प्रसिद्ध दृष्टांत है कि वह एक ही वृक्ष पर बैठे दो समान और सुंदर उन पक्षियों की तरह है, जिनमें एक फलों का भोक्ता है और दूसरा मात्र द्रष्टा। मोहनजोदड़ो के भग्नावशेषों में इसी दृष्टांत का मिलना उपनिषदों की अति प्राचीनता का समर्थन है। यज्ञ, क्रतु, व्रत, भूत, भविष्य, वर्तमान और जो कुछ वेदों में वर्णित है, वह सब ब्रह्म की माया से ही उत्पन्न हुआ है। 'ऋचो अक्षरे परमे व्योमन्', अर्थात् 'उस अक्षर परव्योम में ही वेदत्रयी स्थित है', का बहु-उद्धरित उद्‌घोष इसी अध्याय में है तथा प्रतिपादन है कि उस मायावी की माया से सबकुछ बँधा हुआ है। प्रकृति को ही माया बताकर परम शांति एवं सांसारिक बंधनों से छुटकारे के लिए श्वेताश्वतर उपनिषद् का कथन है कि उस सर्वनियंता, वरदायक तथा स्तवनीय देव का साक्षात्कार ही जगत् में बंधन से छुटकारे का उपाय है। उपनिषद् की मान्यता है कि ज्ञान से ही द्वैत की निवृत्ति होती है और जब अज्ञान नहीं रहता तो दिन-रात, सत्-असत् भी नहीं रहता; क्योंकि उस समय एकमात्र शिव ही रहता है, जो अनुपमेय है और जिसका नाम महद्यश: है। उसके स्वरूप को अन्य किसी प्रकार से देखा नहीं जा सकता। उस रुद्र-स्वरूप से प्रार्थना है कि वह अपने दक्षिण मुख से सदैव हमारी रक्षा करे तथा हमारे पुत्र, पौत्र, आयु, गौ और अश्वों की कोई हानि न करे।

पाँचवें अध्याय में विद्या-अविद्या दोनों से विलक्षण उस शासक को प्रत्येक स्थान, संपूर्ण रूपों एवं समस्त योनियों के अधिष्ठान के रूप में स्मरण किया गया है। 'तद्वेद गुह्योपनिषत्सु गूढं' अर्थात् जो वेदों के गुह्य भाग उपनिषदों में छिपे हुए हैं, गुणों से संबद्ध हैं, फलप्रद कर्मों

के कर्ता हैं, विभिन्न रूपोंवाले हैं और वही केश के अग्रभाग के सौवें भाग के समान जीव बनकर भी अनंत रूप होने का सामर्थ्य रखते हैं, वह न स्त्री है, न पुरुष है और न नपुंसक ही है। ऐसे अशरीर-संज्ञक, सृष्टि और प्रलय करनेवाले शिव स्वरूप देव को जानने से जीव समस्त पाशों से मुक्त हो जाता है।

'श्वेताश्वतर उपनिषद्' के अंतिम अध्याय में निष्कर्षात्मक वक्तव्य है कि मोहग्रस्त करनेवाली यह सृष्टि उस देव की ही महिमा है। उसी के कारण यह ब्रह्म-चक्र घूम रहा है। चिंतन करने योग्य केवल वही है। अपने समस्त भाव उसी को अर्पण कर देने से तत्त्वतः वह प्राप्त हो जाता है। बोधत्व प्राप्त ज्ञानियों ने भी बार-बार बताया है कि वे ईश्वरों में परम महेश्वर हैं, देवताओं के परम देव हैं, पतियों के परमपति हैं, समस्त ब्रह्मांड के स्वामी हैं। वे नित्यों में नित्य हैं, चैतन्यों में चेतन हैं और अकेले ही बहुत प्रकार के भोगों की व्यवस्था करते हैं। उन्हीं के प्रकाश से सभी प्रकाशित होते हैं। उनकी शरणागति के अतिरिक्त इस मृत्यु रूपी संसार से मुक्ति पाने का अन्य कोई उपाय नहीं है। इसी भाव को उपनिषद् में 'तमेव विदित्वाति मृत्युमेति नान्यः पंथा विद्यतेऽयनाय' शब्दों में प्रकट किया गया है। 'श्वेताश्वतर उपनिषद्' उस ब्रह्म को निष्कल, निष्क्रिय, शांत, अनिंद्य, निरंजन आदि कहकर सावधान करती है कि यह उपदेश परमेश्वर के समान गुरु में भक्ति रखनेवाले को ही देना चाहिए; क्योंकि महात्मा के प्रति कहने पर तत्त्व के साथ महात्मा भी प्रकाशित होता है।

छांदोग्य उपनिषद्

अपनी विपुल सामग्री के कारण इस उपनिषद् का कलेवर बहुत विस्तृत है। 'केनोपनिषद्' के समान 'छांदोग्य उपनिषद्' सामवेद के तलवकार ब्राह्मण के अंतर्गत आती है। इसमें आत्मज्ञान का निरूपण कई प्रकार से किया गया है। अनेक प्रकार की उपासनाओं का प्रतिपादन

करनेवाली इस उपनिषद् में आठ अध्याय हैं। प्रथम अध्याय में सबसे कम तेरह खंड हैं और सातवें अध्याय में सबसे अधिक छब्बीस खंड हैं। इस उपनिषद् में मुख्य रूप से तेरह विद्याओं का वर्णन है, जिन्हें साम विद्या, मधु विद्या, गायत्र विद्या, शांडिल्य विद्या, ब्रह्म विद्या, अग्नि विद्या, प्राण विद्या, पंचाग्नि विद्या, वैश्वानर विद्या, सद्‌विद्या, भूमोपपत्ति विद्या, दहर विद्या और आत्मविद्या के नाम से पुकारा गया है। इनमें से प्रथम अर्थात् साम विद्या की अवांतर और आठ विद्याएँ छांदोग्य उपनिषद् के महत्त्व को बढ़ाती हैं और इन विद्याओं को उद्‌गीथ, सामोपासन, सामपर्व, विनिर्दि्दसाम, साम भैषज्य, धर्मस्कंद, समप्रभव तथा भैषज यसाम अभिज्ञान कहा गया है। माना तो यह जाता है कि अनेक प्रचलित स्मार्त कर्मों और पौराणिक उपासनाओं के साथ इस उपनिषद् में तांत्रिक उपासनाओं के भी स्रोत हैं।

उपनिषद् के प्रारंभ में ही निर्णयात्मक वक्तव्य है कि ॐ अक्षर ही उद्‌गीथ है और इसकी उपासना करनी चाहिए; क्योंकि प्राणियों का रस अर्थात् उत्पत्ति, स्थिति और लय स्थान पृथ्वी है। पृथ्वी का रस जल है, जल का रस ओषधियाँ हैं, ओषधियों का रस पुरुष है, पुरुष का रस वाक् है, वाक् का रस ऋक् है, ऋक् का रस साम है और साम का रस उद्‌गीथ है, जो रसतम है, उत्कृष्ट है। आचार्य शंकर अपने भाष्य में कहते हैं कि "ओंकार के 'उदगीथ' शब्द-वाच्य होने में श्रुति स्वयं हेतु बतलाती है—'ॐ' ऐसा कहकर उद्‌गान करता है—क्योंकि उद्‌गाता 'ॐ' इस अक्षर से आरंभ करके उद्‌गान करता है, इसलिए ओंकार उद्‌गीथ है।" इस प्रकार जो साधक उद्‌गीथ रूप अक्षर की उपासना करता है, उसकी संपूर्ण कामनायें फलित होती हैं।

प्राणोपासना की उत्कृष्टता को बतलाने के लिए एक आख्यायिका है। एक बार प्रजापति के पुत्र देवता और असुर परस्पर युद्ध करने लगे। असुरों ने पाप से बिद्ध करके नासिका को सुगंध के साथ दुर्गंध-युक्त, वाणी को सत्य के साथ असत्य-युक्त, नेत्रों को अच्छा-खराब देखनेवाला,

श्रोत्रों को अच्छा-खराब सुननेवाला और मन को संकल्प के साथ विकल्प करनेवाला कर दिया; लेकिन जब उन्होंने प्राण को भी पाप बिद्ध करना चाहा तो उनका कुचक्र नहीं चल पाया और उनका प्रयत्न उसी प्रकार नष्ट हो गया जैसे मिट्टी का ढेला दुर्भेद पाषाण की चोट से नष्ट हो जाता है। सर्वप्रथम अंगिरा ने प्राण की उपासना की थी, इसीलिए प्राण को 'आंगिरस' कहा जाता है।

देवता विषयक उद्‌गीथ उपासना का उल्लेख इस उपनिषद् में सूर्योपासना के नाम से भी है। इसमें बताया है कि 'उद्‌गीथ' शब्द में **उत् प्राण** है, **गी वाणी** है, जिसे गिरा भी कहते हैं। **थ अन्न** है। इसी प्रकार द्यौ, आदित्य और सामवेद 'उत' हैं। अंतरिक्ष, वायु और यजुर्वेद 'गी' हैं तथा पृथ्वी, अग्नि और ऋग्वेद 'थ' हैं। उद्‌गीथ प्रणव भी है और आदित्य भी । इस प्रकार अनेक प्रकार की आधिदैविक और आध्यात्मिक उद्‌गीथ उपासनाओं का उल्लेख इस उपनिषद् में किया गया है।

उद्‌गीथ विद्या में कुशल व प्रवीण तीन ऋषि शिलक, दालभ्य और प्रवाहण के रोचक संवादों का वर्णन है कि साम का आश्रय स्वर है, स्वर का आश्रय प्राण है, प्राण का अन्न, अन्न का जल और जल का आश्रय स्वर्गलोक है। स्वर्ग का आश्रय मनुष्य लोक और फिर सबका आश्रय आकाश है। इस संवाद को शुनक के पुत्र अतिधन्वा ऋषि ने उदर शांडिल्य को सुनाया और कहा कि तुम्हारी संतानें जब तक उद्‌गीथ को जानती रहेंगी, तब तक उनका जीवन श्रेष्ठ बना रहेगा।

इस सुंदर संवाद के बाद उषस्ति की कथा है, जिन्होंने आपद्‌ग्रस्त होने पर प्राण रक्षा के लिए एक महावत के जूठे और घुने हुए उड़दों का भोजन तो स्वीकार किया, लेकिन महावत का जूठा जल पीने से यह कहकर मना कर दिया कि प्राणों की रक्षा के लिए विधि का नियम तोड़ा जा सकता है और जब प्राण सुरक्षित हो जाएँ तो फिर कोई निंदनीय कर्म नहीं करना चाहिए।

नीति निर्धारित करनेवाली इस कथा के बाद एक अत्यंत विस्मयकारी

उपाख्यान 'छांदोग्य उपनिषद्' में है, जिसमें सफेद रंग के एक कुत्ते के नेतृत्व में कुत्तों ने अन्न प्राप्ति के लिए वैसे ही उद्गाता बहिष्पवमान नामक स्तोत्र द्वारा स्तुति की जैसे यज्ञ कर्म में किया जाता है। वस्तुत: ऋषियों की यह कथा साम के रहस्य को बताने के लिए है।

इसी क्रम को आगे बढ़ाते हुए साधु-दृष्टि से सामोपासना का उपदेश है। लोक, वृष्टि, जल, ऋतु, पशु और प्राण विषयक सामोपासना के पाँच-पाँच प्रकार हैं। लोक में पृथ्वी हिंकार है, अग्नि प्रस्ताव है, अंतरिक्ष उद्गीथ है, आदित्य प्रतिहार है और द्युलोक निधन है। अधोगत लोकों में द्युलोक हिंकार, आदित्य प्रस्ताव, अंतरिक्ष उद्गीथ, अग्नि प्रतिहार और पृथ्वी निधन बनती है। वृष्टि में यही क्रम पूर्व की वायु, मेघ, वर्षण, चमक-गर्जन एवं जल-ग्रहण के रूप में है। जल में घने मेघ हिंकार हैं, वर्षा प्रस्ताव है, पूर्वमुखी नदियाँ उद्गीथ हैं, पश्चिममुखी नदियाँ प्रतिहार हैं और समुद्र निधन है। ऋतुओं में यही क्रमश: वसंत, ग्रीष्म, वर्षा, शरद और हेमंत होते हैं। पशुओं के लिए ये क्रमश: बकरे, भेड़ें, गायें, अश्व और पुरुष हैं। प्राणों के लिए इसके क्रम में प्राण, वाक्, चक्षु, श्रोत्र तथा मन बताए गए हैं।

वाणी, आदित्य, अतिमृत्यु के लिए सात-सात प्रकार की सामोपासना का उल्लेख करते हुए इस उपनिषद् में उन विशिष्ट साम उपासनाओं का वर्णन है, जो पाँच-पाँच प्रकार की हैं। इसी प्रकार से पशुओं के लिए हितकर अग्नि देवता संबंधी उद्गीथ को कहा गया है। द्वितीय अध्याय को विराम देते हुए उपनिषद् में प्रतिपादन है कि प्रात: सवन में वसु देवता संबंधी सामगान, मध्याह्न में रुद्र संबंधी और तृतीय सवन के लिए आदित्य और विश्वेदेव संबंधी सामगान की विधि है।

उपासना की अनेक विधियों का वर्णन 'छांदोग्य उपनिषद्' के तृतीय अध्याय में भी है। इसका प्रारंभ आदित्य को देवताओं का मधु मानकर मधु विद्या के उपदेश से है। मधु विद्या के प्रकरण को ब्रह्मोपनिषद् भी कहा गया है और घोषणा है कि इसको जानने से ब्रह्म का ज्ञान हो जाता

है। तृतीय अध्याय के एकादश खंड तक वसुओं, रुद्रों, आदित्यों, मरुतों और साध्यों के लिए मधु विद्या का जीवनाधार के रूप में वर्णन है।

मधु विद्या के बाद चार चरणोंवाली छह प्रकार की गायत्र विद्या का उपदेश है, जिससे पुरुष त्रिपाद अमृत-प्रकाशमय स्वात्मा से साक्षात्कार करके अचल संपत्ति को प्राप्त करता है। इसके बाद उस शांडिल्य विद्या का ज्ञान कराया गया है, जो हृदय कमल में स्थित ब्रह्म के समस्त गुणों को आरोपित करके उसे धान, यव, सरसों, श्यामक तुंडल से सूक्ष्म और पृथ्वी, अंतरिक्ष और द्युलोक से बड़ा मानती है तथा पहले उसके मनोमय, प्राणशरीर, प्रकाशस्वरूप, सत्य संकल्प इत्यादि के स्वरूप का वर्णन करती है और उसे सर्वकर्मा, सर्वकाम, सर्वगंध, सर्वरस आदि के संबोधन से सब ओर व्याप्त करनेवाला आकाश, वाक्‌रहित और संप्रभ शून्य मानकर उपासनीय कहती है।

फलवती उपासनाओं में पहले विराट् स्वरूप की कोशोपासना उपनिषद् के तृतीय अध्याय के पंद्रहवें खंड में वर्णित है, फिर पुरुष की यज्ञरूप में उपासना दीर्घायु प्राप्त करने के लिए है। इसमें उल्लेख है कि ऐतरेय महीदास ने अपने रोग से कहा था कि ''तू मुझे क्यों कष्ट देता है, क्योंकि मैं इस रोग द्वारा मृत्यु को प्राप्त नहीं हो सकता।'' इसी क्रम में अक्षय फल देनेवाली आत्मयज्ञोपासना बताई गई है, जिसे आंगिरस ऋषि ने देवकीनंदन श्रीकृष्ण को सुनाया था। इसके बाद अठारहवें खंड में प्रतिपादन है कि मन को ब्रह्म मानकर उपासना करना अध्यात्म दृष्टि है, जबकि आकाश को ब्रह्म मानना अधिदैवत दृष्टि है। इस अध्याय के अंतिम अर्थात् उन्नीसवें खंड में आदित्योपासना की विधि कही गई है।

उपनिषद् का चौथा अध्याय दानवीर किंतु गर्वीले राजा जानश्रुति एवं ब्रह्मवेत्ता ब्राह्मण गाड़ीवाले रैक्व के उपाख्यान से प्रारंभ और कपि गोत्रज शौनक तथा कक्षसेन के पुत्र अभिप्रतारी की कथा के साथ समाप्त होता है। चतुर्थ खंड में अत्यधिक लोकप्रिय वह कथा है, जब जबाला पुत्र सत्यकाम गौतम के गुरुकुल में विद्याध्ययन के लिए जाता है और अपने

गोत्र संबंधी प्रश्न पूछे जाने पर कहता है, "भगवन्, मैं जिस गोत्रवाला हूँ, उसे नहीं जानता। मैंने यह प्रश्न माता से पूछा था। उन्होंने बताया कि युवावस्था में उन्होंने मुझे तब पाया, जब वे बहुत से अतिथियों की सेवा-टहल करनेवाली परिचारिका थीं। यह वे स्वयं नहीं जानतीं कि मेरा गोत्र क्या है? उन्होंने कहा है कि मैं जबाला नामवाली हूँ, अतः तू सत्यकाम जाबाल है।" ऐसा स्पष्ट भाषण सुनकर गौतम ने सत्यकाम को शिष्य रूप में स्वीकार कर लिया।

इसी चौथे अध्याय में सत्यकाम के ब्रह्मज्ञानी होने की वह कथा है, जब उसे ब्रह्म के चारों पादों का उपदेश अलग-अलग मिला। वृषभ, अग्नि, हंस और मद्गु से उपदेशित सत्यकाम जब गुरुकुल लौटा तो आचार्य ने कहा, "हे सौम्य! तू ब्रह्मवेत्ता सा भासित हो रहा है। तुझे किसने यह उत्तम उपदेश दिया है?" सत्यकाम ने अपनी सारी बात यथावत् बता दी और जिज्ञासा प्रकट की कि रूप बदलकर देवताओं ने उसे उपदिष्ट अवश्य किया है, लेकिन मैंने सुना है कि गुरु से प्राप्त की हुई विद्या ही साधुता देती है। सत्यकाम की शुद्ध निष्ठा को जानते हुए आचार्य ने बिना किसी न्यूनता के ब्रह्मविद्या का पुनः उपदेश किया।

'छांदोग्य उपनिषद्' की विशेषता यह है कि इसमें ब्रह्मविद्या को कई प्रकार से कहा गया है। चौथे अध्याय के दसवें से पंद्रहवें खंड तक एक और आख्यायिका है, जिसमें उपकोसल को पहले विभिन्न रूपवाली अग्नियों से ज्ञान की शिक्षा मिली और अंत में आचार्य सत्यकाम जाबाल के उपदेश से वह धन्य हो गया। सोलहवें खंड में पवन की यज्ञरूपता का वर्णन है और सत्रहवें खंड में यज्ञ में ब्रह्मा की भूमिका का उल्लेख है।

पाँचवाँ अध्याय इंद्रियों के उस पारस्परिक विवाद से प्रारंभ होता है, जिसमें सभी अपने को श्रेष्ठ और ज्येष्ठ होने का दावा करती हैं; लेकिन अंत में यह स्थान प्राण को मिलता है। इसके तृतीय खंड में श्वेतकेतु और प्रवाहण का संवाद अनेक प्रकार की उपासनाओं को अपने में समेटे हुए है। श्वेतकेतु की परीक्षा करने के लिए प्रवाहण ने पाँच शाश्वत

प्रश्न किए, ''इस लोक से जाने पर प्रजा कहाँ जाती है? इस लोक में प्रजा आती कहाँ से है? देवयान और पितृयान मार्गों का विभाजन स्थान कहाँ है? पितृलोक भरता क्यों नहीं है? हवन की पाँचवीं आहुति दिए जाने पर 'पुरुष' संज्ञा कैसे प्राप्त होती है?'' श्वेतकेतु जब उत्तर देने में विफल रहता है तो प्रवाहण ने स्वयं सभी प्रश्नों के समाधान द्वारा पंचाग्नि विद्या के माहात्म्य का वर्णन किया है।

हमारी 'आत्मा कौन है और ब्रह्म क्या है?' विषयक आत्म-मीमांसा प्रकरण में प्राचीनशाल, सत्ययज्ञ, इंद्रद्युम्न, जन तथा बुडिल की जिज्ञासा जब उद्दालक शांत नहीं कर पाते तो सभी केकयकुमार अश्वपति के पास पहुँचते हैं। अश्वपति के प्रति प्रश्न करने पर उपमन्युकुमार प्राचीनशाल ने द्युलोक, सत्ययज्ञ ने आदित्य, इंद्रद्युम्न ने वायु, शर्कराक्षपुत्र जन ने आकाश, बुडिल ने जल और उद्दालक ने पृथ्वी को अपना उपास्य देव बताया। राजा अश्वपति ने उन्हें समझाया कि तुम सब लोग वैश्वानर आत्मा के अंगों को अलग-अलग जानकर उनकी उपासना करते हो, अतः तुम्हें वैश्वानर के संपूर्ण स्वरूप को अपनाना चाहिए, तभी समस्त लोक, सारे भूत और संपूर्ण आत्माओं को तृप्त किया जा सकता है। राजा ने वैश्वानर के स्वरूप वर्णन के साथ प्राणाय स्वाहा, व्यानाय स्वाहा, अपानाय स्वाहा, समानाय स्वाहा और उदानाय स्वाहा रूपी आहुतियों से भी उन्हें परिचित कराया।

'श्वेतकेतुर्हारुणेय आस' से प्रारंभ होनेवाला छांदोग्य उपनिषद् का छठा अध्याय है। इसमें आरुणि ने अपने पुत्र श्वेतकेतु को ब्रह्मचर्यवास की कुल परंपरा का स्मरण इस आशय से कराया कि उनके कुल में ब्रह्मबंधु-ब्रह्मवेत्ता ही होता है। अतः उसे गहन अध्ययन के लिए तत्पर होना चाहिए। उपनयनोपरांत चौबीस वर्ष का श्वेतकेतु गुरुकुल से अध्ययन करके जब वापस आया तो उससे पिता ने पूछा कि जिसके जानने से अश्रुत श्रुत, अमत मत और अविज्ञात विज्ञात हो जाता है, वह सब जाना कि नहीं? श्वेतकेतु यह प्रश्न सुनकर चकित हो गया और

कहा कि ऐसा कुछ न तो उसने पढ़ा है और न ही उसे पढ़ाया गया है।

अरुण पुत्र आरुणि ने अपने प्रश्न को समझाते हुए कहा कि जिस प्रकार मिट्टी और लोहे के कुछ कणों के विश्लेषण से उनमें मौजूद संपूर्ण पदार्थों का ज्ञान हो जाता है, उसी प्रकार इस असत् रूप जगत् की व्याख्या से सत् को जाना जाता है। श्वेतकेतु ने पिता से कहा, ''निश्चय ही मेरे गुरुदेव इसे नहीं जानते थे। यदि वे जानते तो मुझसे क्यों न कहते?''

श्वेतकेतु को आश्वस्त करके आरुणि ने कहा, उस सत् रूप परमात्मा से ही इस जगत् की उत्पत्ति हुई, क्योंकि उसने इच्छा की कि मैं बहुत हो जाऊँ और अनेक प्रकार से उत्पन्न होऊँ। आंडज, जीवज और उद्भिज रूप में त्रिविध सृष्टि की तथा प्राणियों में जीवात्मा रूप से उनमें अनुप्रवेश किया। उसने प्रत्येक देवता को त्रिवत्-त्रिवत् किया और स्वयं उनमें अनुप्रवेश करता गया। त्रिवृतीकरण के कारण अग्नि का लोहित अर्थात् लाल रंग के तेज का रूप है, शुक्ल रूप जल है और कृष्ण रूप अन्न है। यही त्रिवृतीकरण आदित्य, चंद्रमा और विद्युत् में है। अन्न का स्थूल भाग अन्न है, मध्य भाग मांस है, सूक्ष्म भाग मन है। पिए हुए जल का एक अंश मूत्र, दूसरा रक्त और तीसरा प्राण है। खाया हुआ अन्न हड्डी, मज्जा और वाक् बन जाता है। उपनिषद् में बताया गया है कि मन अन्नमय है, प्राण जलमय है और वाक् तेजोमय है। आगे के दस खंडों में षोडश कला विशिष्ट पुरुष तथा सुषुप्ति काल में जीव की स्थिति के उपदेश के साथ सत् को प्राप्त होकर भी अज्ञानी किस कारण से रहता है? इसे मधु-मक्खियों के दृष्टांत से समझाया गया है। आगे फिर नदी, वृक्ष, वट-बीज, लवण, आँखें बाँधकर गांधार से लाये हुए पुरुष तथा मुमूर्ष पुरुष इत्यादि दृष्टांतो से आत्मज्ञान का उपदेश वर्णित है।

'छांदोग्य उपनिषद्' का सातवाँ अध्याय सनत्कुमार-नारद का संवाद है, जिसमें सत् विद्या के जिज्ञासु नारद ने चारों वेदों और समस्त विद्याओं तथा कलाओं का विस्तार से उल्लेख करते हुए अपने को मंत्रवेत्ता कहा

और प्रश्न किया कि वे आत्मवेत्ता कैसे बनें? देवर्षि नारद के पुनः-पुनः जिज्ञासा करने पर भगवान् सनत्कुमार ने उपासना के श्रेष्ठ, श्रेष्ठतर और श्रेष्ठतम मार्गों की चर्चा करते हुए भूमा विद्या का उपदेश दिया। सबसे पहले नामोपासना से वाक् को श्रेष्ठतर बताया गया है, क्योंकि वाणी धर्म-अधर्म, सत्य-असत्य, साधु-असाधु का ज्ञान कराती है। वाणी से मन श्रेष्ठ है, क्योंकि मन जब संकल्प करता है तभी क्रिया होती है। लेकिन संकल्प से श्रेष्ठतर चित्त है, जो चेतना से जुड़ा है। ध्यान को चित्त से श्रेष्ठ कहते हुए नारदजी के पूछने पर सनत्कुमार ने कहा कि ध्यान से श्रेष्ठ विज्ञान है। विज्ञान की अपेक्षा बल अर्थात् स्वास्थ्य श्रेष्ठ है। नारद के पुनः प्रश्न करने पर अन्न को बल से श्रेष्ठ, जल को अन्न से श्रेष्ठ और तेज को जल से श्रेष्ठ कहा गया है। आकाश के अंदर सूर्य, चंद्र, नक्षत्र, अग्नि आदि तेज के स्रोत रहते हैं, अतः तेज से श्रेष्ठ आकाश है। आकाश से श्रेष्ठ स्मर अर्थात् स्मरण और उससे भी श्रेष्ठतर आशा, फिर प्राण, फिर सत्य और फिर श्रद्धा है। श्रद्धा के लिए निष्ठा चाहिए और निष्ठा इंद्रिय-संयम तथा चित्त की एकाग्रता है, जिसे भगवान् सनत्कुमार कृति कहते हैं। कृति का कारण सुख प्राप्त करना है और सुख वही है जो भूमा है—"यो वै भूमा तत्सुखं नाल्पे सुखमस्ति भूमैव सुखं भूमा त्वेव विजिज्ञासितव्य इति।" अर्थात् निश्चय ही जो भूमा है, वही सुख है। अल्प में सुख नहीं, सुख भूमा ही है। अतः भूमा की विशेष रूप से जिज्ञासा करनी चाहिए।

अंतिम आठवें अध्याय में पंद्रह खंड हैं। इसके प्रथम छह खंडों में कहा गया है कि आत्मा ही सत्य है और इसके अन्वेषण की जिज्ञासा करनी चाहिए। उपनिषद् के अनुसार भौतिक आकाश के समान ही हृदयाकाश है, जिसमें जो कुछ इस लोक में है और जो नहीं है, वह सब इसी में स्थित है। यह आत्मा धर्माधर्म-शून्य, जराहीन, मृत्युहीन, शोक-रहित, भोजन आदि की इच्छा से रहित, पिपासा-शून्य, सत्यकाम और सत्य संकल्प है। आत्मा हृदयस्थ है। अतः हृदय से जुड़ी नाड़ियों

को जानना चाहिए। ये सूक्ष्म नाड़ियाँ आदित्य के कारण पिंगल वर्ण के साथ शुक्ल, नील, पीत और लोहित रसों की हैं। हृदय की एक सौ एक नाड़ियों में पुरुष यदि मस्तक की ओर जानेवाली नाड़ी से शरीर का उत्क्रमण करता है तो ही अमरत्व को प्राप्त होता है।

इसी अध्याय के सातवें खंड से बारहवें खंड तक देवराज इंद्र और असुरराज विरोचन की आत्मतत्त्व का अनुसंधान करनेवाली प्रसिद्ध कथा है, जिसमें दोनों प्रजापति के पास आत्मतत्त्व की जिज्ञासा के साथ उपस्थित होते हैं।

उपनिषद् के अंत में हृदयस्थ श्याम ब्रह्म से सबल ब्रह्म को प्राप्त करने की कामना है। आत्मा यज्ञ है। यशों का यश है। आत्मज्ञान की परंपरा का वर्णन ब्रह्मा ने प्रजापति के लिए किया और प्रजापति ने मनु को बतलाया। गुरुकुलवास, वेदाध्ययन, स्वाध्याय, धार्मिक आचरण आदि आत्मज्ञान के साधन कहे कए हैं।

बृहदारण्यक उपनिषद्

शुक्ल यजुर्वेद की काण्वी शाखा के वाजसनेयि ब्राह्मण में यह उपनिषद् है। अन्य सभी उपनिषदों की तुलना में इस उपनिषद् का कलेवर बहुत बड़ा है, इसीलिए इसे 'बृहत्' कहा गया है। अनेक विद्याओं का प्रतिपादन करनेवाली इस उपनिषद् में ब्रह्म के अक्षरात्मा के स्वरूप की व्याख्या है। इसमें छह अध्याय हैं, जिनमें कुल मिलाकर सैंतालीस ब्राह्मण हैं।

ब्रह्मांड रूपी यज्ञ को अश्व के रूप में मानकर इस उपनिषद् का प्रारंभ होता है—'उषा व अश्वस्य'। एक प्रकार से यह अश्वमेध यज्ञ की महिमा का वर्णन है। पहले अध्याय के द्वितीय ब्राह्मण में प्रलय के बाद सृष्टि रचने का संकल्प है। उस परब्रह्म से सूक्ष्म रूप से पहले जल उत्पन्न हुआ, फिर अग्नि, आदित्य, वायु, दिशाएँ, विदिशाएँ, द्युलोक, अंतरिक्ष आदि ब्रह्मांड रूप अश्व के अंग-प्रत्यंगों में स्थित हुए। फिर

संवत्सर, वाक्, मन को रचा गया और वह भी जो ऋक्, यजुः, साम, छंद, यज्ञ, प्रजा और पशु हैं, फिर देव और असुर हुए। इंद्रियों की दैवी और आसुरी वृत्तियाँ ही देव और असुर हैं। संसार के विषयों में रुचि रखना असुर भाव है और यही इंद्रियों का प्रकट भाव है। इसी कारण असुरों को ज्येष्ठ और देवों को कनिष्ठ कहा गया है। असुरों ने इंद्रियों को तो पाप से विद्ध कर दिया, लेकिन प्राणों से वे पराजित हो गए। शरीरांगों का रस प्राण ही है। इसे 'आंगिरस' भी कहा गया है।

आचार्य शंकर ने अपने भाष्य में लिखा है कि शास्त्र-जनित ज्ञान और कर्म से भावित जो प्राण हैं, वे प्रकाशमय होने के कारण देव हैं। अन्न में प्रतिष्ठित होने के कारण लोक में प्राणियों के द्वारा जो कुछ भी अन्न खाया जाता है, वह 'अन्' अर्थात् प्राण के द्वारा ही खाया जाता है। बृहदारण्यक उपनिषद् में विभिन्न प्रकार से प्राण की महिमा बताते हुए कहा गया है कि प्राण ही 'उत्' है और 'गीथ' प्राणतंत्रा वाक् है। अतः इन दोनों का 'उद्‌गीथ' शब्द से कथन होता है और इसीलिए प्राणोपासक के लिए जप का विधान है।

सृष्टि के प्रारंभ में उसने 'मैं हूँ' कहा, अतः उसका नाम 'मैं' हुआ। उसका दूसरा नाम 'यह मैं हूँ' हुआ। 'मैं' के अकेलेपन में उस पुरुष को भय हुआ, लेकिन उसने विचार किया कि जब मेरे अतिरिक्त दूसरा कोई है ही नहीं तो भय किससे? इस विचार से वह भय से निवृत्त हो गया, लेकिन उसने दूसरे की इच्छा की। उसने शरीर को दो भागों में विभक्त कर अपने को ही पति-पत्नी बना लिया और मैथुनी सृष्टि प्रारंभ की।

द्वितीय अध्याय में गार्ग्य गोत्र में उत्पन्न ज्ञानाभिमानी बालाकि और काशिराज अजातशत्रु का संवाद है। बालाकि ने अजातशत्रु को उपदेश देना चाहा। उसने आदित्य, चंद्रमा, विद्युत्, आकाश, वायु, अग्नि, जल, दर्पण, शब्द, दिशाओं आदि में ब्रह्मत्व का आरोप करके उन्हें उपास्य बताया; लेकिन अजातशत्रु ने कहा कि केवल इतना जानने मात्र से ब्रह्म को नहीं जाना जा सकता। बालाकि ने कहा कि उसे इतना ही ज्ञात

है और यदि इससे आगे कुछ और है तो उसे जानने की जिज्ञासा है। अजातशत्रु ने देखा कि बालाकि का दंभ नष्ट हो गया, अतः उन्होंने कहा, "वह ब्रह्म विज्ञानमय है, क्योंकि जब वह शयन करता है तो सभी इंद्रियों की शक्ति उसी में लीन हो जाती है। अपने स्वप्न जगत् में वह नीची-ऊँची स्थितियों को पाता रहता है और सुषुप्ति अवस्था में वह कुछ नहीं जानता। अग्नि से उठनेवाली चिनगारियों के समान हृदयाकाश में स्थित आत्मा से समस्त लोक, समस्त देवगण, समस्त प्राण और समस्त भूत उत्पन्न होते हैं। उस आत्मा का नाम 'सत्य का सत्य' है। प्राण ही सत्य है और यह परम उपनिषद् परब्रह्म की ही है।

दूसरे अध्याय के चौथे ब्राह्मण में इस उपनिषद् की सबसे अधिक मधुर कथा है। जब याज्ञवल्क्य गृहस्थ आश्रम को त्यागकर संन्यास लेने को तत्पर हुए तो उन्होंने अपनी पत्नियों—मैत्रेयी और कात्यायनी से अपनी संपत्ति के बँटवारे का प्रस्ताव किया। तब मैत्रेयी ने कहा, "ये नाह नामृता स्यां किमहं तेन कुर्याम्" अर्थात् जिससे मैं अमर नहीं हो सकती, उसे लेकर मैं क्या करूँगी ? अतः मुझे अमृतत्व का उपदेश करें।

मैत्रेयी का प्रश्न सुनकर याज्ञवल्क्य ने प्रसन्न होकर कहा कि तुम पहले भी मेरी प्रिया रही हो और अभी भी मुझे प्रिय लगनेवाली बात कह रही हो। सभी कामनाओं का मूल आत्मा है। आत्मा को देखने से, सुनने से, समझने से और जानने से सभी रहस्य खुल जाते हैं। संसार में जो कुछ भी नाम-रूप है, वह आत्मा के अतिरिक्त कुछ नहीं है। अनेक दृष्टांतों के माध्यम से याज्ञवल्क्य ने मैत्रेयी को बताया कि इस आत्मा के दर्शन, श्रवण, मनन एवं विज्ञान से सबका ज्ञान हो जाता है। यह आत्मा अनंत, अपार और विज्ञानघन है। आत्मा भूतों के रूप में प्रकट होकर और नष्ट होकर भी देहेंद्रिय भाव से मुक्त रहती है। इसकी कोई संज्ञा नहीं है। मैत्रेयी के संदेह करने पर याज्ञवल्क्य ने कहा कि 'हे मैत्रेयि! मैं मोह का उपदेश नहीं कर रहा हूँ।' इसकी व्याख्या में आचार्य शंकर ने अपने भाष्य में कहा है कि अविद्या के कारण आत्मा का जो

देहेन्द्रिय संबंधी खिल्यभाव है, उसका विद्या द्वारा नाश होने पर शरीरादि संबंधिनी अयंत्व-दर्शन रूपा जो विशेष संज्ञा होती है, वह कार्य-कारण संघात के न रहने के कारण उसी प्रकार नष्ट हो जाती है, जैसे जलादि का आधार नष्ट हो जाने पर चन्द्रादि का प्रतिबिंब और उससे होने वाले प्रकाश आदि भी नहीं रहते हैं। इस स्थिति में आत्मा से भिन्न अन्य वस्तु का अभाव हो जाता है और व्यवहार में जो द्वैत दिखाई देता है, परमार्थ में वही अद्वैत है।

बृहदारण्यक उपनिषद् में इसके बाद मधु विद्या का विस्तार के साथ वर्णन है। पृथ्वी, जल, अग्नि, वायु, आदित्य, दिशाएँ, चंद्रमा, विद्युत्, मेघ, आकाश, धर्म, सत्य, मनुष्य, देह को बारी-बारी से मधु की संज्ञा देकर कहा, ''इस आत्मा में समस्त भूत, समस्त देव, समस्त लोक तथा समस्त प्राण हैं और ये सभी आत्मा को समर्पित हैं।'' यह मधु विद्या परंपरा से अनेक ऋषियों को प्राप्त हुई है।

उपनिषद् का तीसरा अध्याय याज्ञवल्कीय कांड कहलाता है, क्योंकि इसमें कथा है कि राजा जनक ने सर्वश्रेष्ठ ब्रह्मवेत्ता को एक सहस्र गायें दान करने की घोषणा की, तो याज्ञवल्क्य ने अपने शिष्य से कहा कि ये गायें ले चलो। तब वहाँ उपस्थित अन्य ब्राह्मणों ने कुपित होकर कहा, ''याज्ञवल्क्य! हम सबमें क्या तुम ही ब्रह्मनिष्ठ हो? पहले हम सबके प्रश्नों के उत्तर दो, फिर गायों को ले जाना।'' सबसे पहले राजा जनक के होता अश्वल ने प्रश्न किए। याज्ञवल्क्य ने अश्वल के सभी प्रश्नों का समाधान किया। फिर बारी-बारी से आर्तभाग, भुज्यु, उषस्त, कहोल, गार्गी, आरुणि, उद्दालक आदि के प्रश्नों के उत्तर दिए और अंत में पुनः गार्गी और शाकल्य के संदेहों का निराकरण करके शास्त्रार्थ से सबको संतुष्ट कर गायों को जीत लिया।

चतुर्थ अध्याय में राजा जनक के साथ याज्ञवल्क्य का संवाद है, जिसमें प्राण-ब्रह्म, चक्षु-ब्रह्म, श्रोत्र-ब्रह्म, मनो-ब्रह्म तथा हृदय-ब्रह्म की उपासना का फलसहित वर्णन है। फिर विदेहराज की आकांक्षा पर

याज्ञवल्क्य ने उन्हें जब अभय देनेवाले आत्मा के स्वरूप को समझाया तो जनक ने कहा, ''आपको नमस्कार है। विदेह देश और मैं अब आपके अधीन हैं।'' इसी अध्याय में पुरुष के व्यवहार में उपयोगी पाँच ज्योतियों का उल्लेख है। आदित्य ज्योति, चंद्र ज्योति, अग्नि ज्योति, वाग्ज्योति और आत्म ज्योति के माध्यम से आत्मा के स्वरूप का अनेक दृष्टांतों के साथ सुंदर दिग्दर्शन है तथा कहा गया है कि ज्ञानमार्ग सूक्ष्म एवं विस्तीर्ण होने के साथ पुरातन भी है। इसी संदर्भ में यह भी बताया गया है कि आत्मज्ञान कृतार्थ करता है और यदि इसे नहीं जाना तो दुर्गति निश्चित है। आत्मा सर्वरूप है और जिसे ऐसा बोध हो गया वह निष्काम, आप्तकाम तथा आत्मकाम होता है।

उपनिषद् के पाँचवें अध्याय में प्रजापति की यह प्रसिद्ध कथा है, जिसमें एक ही अक्षर 'द' का उपदेश देव, मानव और असुरों को दिया था। 'द' अक्षर का अर्थ पृथक्-पृथक् दम, दान और दया क्रमशः देव, मानव और असुरों के लिए थे। इसी अध्याय में अनेक प्रकार की उपासना-पद्धतियों के साथ गायत्र्युपासना का विस्तार के साथ वर्णन है।

अंतिम व छठे अध्याय में श्रेष्ठता की सिद्धि के लिए इंद्रियों के पारस्परिक विवाद की रोचक कथा है, जिसमें प्राण को ज्येष्ठ और श्रेष्ठ माना गया है, फिर प्रवाहण की सभा में श्वेतकेतु से जीवन-मरण संबंधी प्रश्नों के माध्यम से पंचाग्नि विद्या का अद्‌भुत उपदेश है। इसमें द्युलोकाग्नि, पर्जन्याग्नि, इहलोकाग्नि, पुरुषाग्नि, योषाग्नि आदि का वर्णन है। उपनिषद् के अंत में प्राणोपासक साधकों के लिए श्रीमंथ कर्म और उसकी विधि तथा पुत्रमंथ कर्म को विस्तार के साथ समझाया गया है।

□

वैष्णव उपनिषदें

उपनिषदों में कहीं स्पष्ट रूप से और कहीं बीज रूप से ऐसे संकेत हैं, जिनको आधार बनाकर सनातन धर्म के विभिन्न संप्रदायों ने अपने-अपने दर्शन की स्थापना की है। सभी अपने मत के समर्थन में उपनिषदों से उद्धरण देते हैं और अपने संप्रदाय का स्रोत उपनिषदों को ही बताते हैं। सच्चाई यह है कि उपासना की अनेक पद्धतियाँ ऐसी हैं, जिनमें वैष्णव मत का मूल स्वरूप स्पष्ट रूप से दिखाई पड़ता है।

थियोसोफिकल सोसाइटी ने चौदह वैष्णव उपनिषदों का एक संग्रह प्रकाशित भी किया है। इस संकलन में अव्यक्तोपनिषद्, वासुदेवोपनिषद्, रामतापिनी उपनिषद्, नारायणोपनिषद्, दत्तात्रेयोपनिषद्, नृसिंहतापिनी उपनिषद्, गरुडोपनिषद्, त्रिपाद्विभूति महानारायणोपनिषद्, कृष्णोपनिषद्, गोपालतापिनी उपनिषद्, तारसारोपनिषद्, हयग्रीवोपनिषद्, कलिसंतरणोपनिषद् तथा रामरहस्योपनिषद् वैष्णव मत का प्रतिपादन करते हैं।

वैष्णव उपनिषदों की विशेषता यह है कि इनमें अव्यक्त को व्यक्त रूप से अर्थात् निर्गुण-निराकार को सगुण-साकार रूप में प्रस्तुत किया गया है। भगवान् के नाम का कलियुग में अधिक महत्त्व बतानेवाले 'कलिसंतरणोपनिषद्' में हरे राम हरे राम, राम-राम, हरे-हरे। हरे कृष्ण, हरे कृष्ण, कृष्ण-कृष्ण, हरे-हरे॥ षोडश नाम वाला मंत्र है। भगवान् श्रीकृष्ण को शाश्वत ब्रह्म माननेवाले 'कृष्णोपनिषद्' में प्रतिपादित है कि

गोपिकाएँ और भगवान् कृष्ण की सोलह हजार एक सौ आठ पटरानियाँ वास्तव में उपनिषदों की ऋचाएँ ही हैं। पूर्व और उत्तम नामवाले अथर्ववेदीय गोपालतापिनी उपनिषद् में मथुरापुरी के आध्यात्मिक माहात्म्य का सुंदर चित्रण है। इसमें गोपाल कृष्ण के भक्तों के लिए अष्टादश अक्षरवाले मंत्र का विधान दिया गया है।

'तारसारोपनिषद्' में भगवान् नारायण के संबंध में अष्टाक्षर मंत्र का प्रावधान है। 'त्रिपाद्विभूति महानाराणयोपनिषद्' का प्रभाव विशिष्टाद्वैत संप्रदाय में विशेष रूप से दिखाई देता है। 'दत्तात्रेयोपनिषद्' और 'नारायणोपनिषद्' इसी श्रेणी की उपनिषदें हैं। भगवान नृसिंह की तांत्रिकी पूजा आदि के साथ नृसिंहतापिनी उपनिषद् में निर्विशेष ब्रह्म के स्वरूप का बहुत प्रामाणिक विवेचन है और इसके नौवें खंड में अद्वैत सिद्धांत की मुखर व्याख्या भी है। राम और सीता से संबंधित मंत्रों का वर्णन करनेवाले 'रामतापिनी उपनिषद्' में प्रणव के अर्थ में भगवान् राम की महिमा गाई गई है। राम भक्तों को 'रामरहस्योपनिषद्' भी बहुत प्रिय है, क्योंकि इसमें सीता सहित चारों भाइयों तथा हनुमान्जी के मंत्रों का उल्लेख है। गोपी चंदन का माहात्म्य बतानेवाले 'वासुदेवोपनिषद्' में संपूर्ण जगत् को वासुदेवमय कहा गया है। 'हयग्रीवोपनिषद्' बहुत छोटा है और इसमें वेदों के उद्धारक भगवान् हयग्रीव की चर्चा है। 'श्रीरामपूर्वतापनीयोपनिषद्' में राम नाम के विविध अर्थों के साथ बीज रूप में 'राम' शब्द की व्याख्या है। श्रीराम का स्वरूप, राम मंत्र की व्याख्या, ध्यान व जप की प्रक्रिया, श्रीराम का स्तवन और श्रीराम यंत्र का भी वर्णन इस उपनिषद् में है। रावण के मौसेरे भाई खर के वध से लेकर बाली के वध तक की संक्षिप्त रामकथा भी इस उपनिषद् में कही गई है।

अथर्ववेदीय 'नृसिंहपूर्वतापिनीयोपनिषद्' के अध्यायों को उपनिषद् की संज्ञा दी गई है। इसके पाँच उपनिषदों में नृसिंह मंत्रराज की महिमा, न्यास विधि, नृसिंह देव के पाद, नृसिंह की स्तुति आदि का क्रमशः वर्णन

है और अंत में बत्तीस अरों से युक्त अर्थात् बत्तीस दलोंवाले सुदर्शन नामक महाचक्र को संपूर्ण कामनाओं को पूर्ण करनेवाला तथा मोक्ष का द्वार बताया गया है।

१०८ उपनिषदों की प्रामाणिक नामावली तथा वेदों के अनुसार उपनिषदों का विभाग करनेवाला शुक्ल यजुर्वेदीय 'मुक्तिकोपनिषद्' मूलतः भगवान् श्रीराम और भक्त शिरोमणि हनुमान्‌जी का संवाद है। वेदांत की महिमा गानेवाली यह उपनिषद् जीवन्मुक्ति और विदेह-मुक्ति का स्वरूप बताती है और इनकी सिद्धि के उपायों का उल्लेख करती है।

मुद्‍गलोपनिषद् में चार खंड हैं। प्रथम खंड में पुरुष सूक्त की संक्षिप्त व्याख्या है। दूसरे खंड में पुरुष सूक्त के वैभव का प्रतिपादन है। इसमें परमात्मा को महापुरुष के रूप में प्रस्तुत किया गया है और उस महापुरुष में आत्म-तत्त्व की भावना से उसके स्वरूप की प्राप्ति का उपाय कहा गया है। मतांतर से 'मुद्‍गलोपनिषद्' में वर्णित पुरुष सूक्त १८ मंत्रोंवाला है, जबकि ऋग्वेद की प्रचलित प्रतियों में १६ मंत्र ही मिलते हैं।

अथर्ववेद की 'श्रीरामोपनिषद्' के दो खंड हैं। सनकादि योगींद्रों, ऋषियों और प्रह्लाद आदि विष्णु-भक्तों को महाबाहु हनुमानजी का उपदेश प्रथम खंड में है। दूसरे खंड में उस कथानक का वर्णन है, जिसमें विभीषण के प्रश्न करने पर असमर्थ साधकों के लिए साधना के विकल्पात्मक उपायों को बताया गया है।

□

देवी उपनिषदें

देवी उपनिषदों का कोई अलग संकलन तो नहीं मिलता, लेकिन सात उपनिषदें विशेष रूप से इस श्रेणी में गिने जा सकते हैं। ऋग्वेदीय 'सरस्वतीरहस्योपनिषद्' में बीज मंत्र से युक्त दस ऋचाओं सहित सरस्वतीजी की दशश्लोकी स्तुति है। इस उपनिषद् के अनुसार, "जो ब्रह्माजी के मुख रूपी कमलों के वन में विचरनेवाली राजहंसी हैं, वे सब ओर से श्वेत कांतिवाली सरस्वती देवी हमारे मन रूपी मानस में नित्य विहार करें।" वही श्रद्धा, धारणा और मेधा-स्वरूपा हैं, भव-संताप का शमन करनेवाली सुधा नदी हैं। जिसको कवित्व, निर्भयता, भोग और मुक्ति की इच्छा हो, उसे सरस्वती देवी की भक्ति और श्रद्धा के साथ विधिपूर्वक अर्चन-स्तवन करना चाहिए। उन्हीं की कृपा से हृदय की समस्त गाँठें खुल जाती हैं, सारे संशय नष्ट हो जाते हैं और साधक को बोध हो जाता है, "मुझमें जीवत्व और ईश्वरत्व कल्पित हैं, वास्तविक नहीं।"

देवी उपनिषद्—'देव्युपनिषद्' नामक अथर्ववेदीय उपनिषद में देवी ने देवताओं के प्रार्थना करने पर स्वयं अपनी ब्रह्मरूपता से देवताओं को परिचित कराया है। देवी ने कहा, "यह प्रकृति-पुरुषात्मक कारण और कार्यरूप जगत् मुझसे ही उत्पन्न हुआ है। मैं आनंद और निरानंद रूपा हूँ, विज्ञान-अविज्ञान रूपा हूँ। पंचीकृत और अपंचीकृत महाभूत, वेद-अवेद, विद्या-अविद्या, अजा-अनजा, नीचे-ऊपर, अगल-बगल

सब मैं ही हूँ।'' इस प्रकार संसार के सभी नाम-रूपों की ओर संकेत करते हुए देवी का कथन है कि मेरा स्थान आत्म स्वरूप को धारण करनेवाली बुद्धि-वृत्ति में है। दैवी संपत्ति पाने के लिए मेरे स्वरूप को जानना चाहिए। देवी के इस परिचय के बाद देवताओं ने स्तुति करते हुए कहा कि हम सब उन दुर्गा देवी की शरण में हैं, जो अग्नि के समान वर्णवाली हैं, ज्ञान से जगमगानेवाली हैं, दीप्तिमती हैं और कर्मफल प्राप्ति की हेतु हैं। वेदों द्वारा स्तुत विष्णु शक्ति, स्कंदमाता, सरस्वती, देवमाता अदिति और दक्षकन्या सती, पापनाशिनी और कल्याणकारी भगवती का सर्वतत्त्वात्मिका महात्रिपुरसुंदरी के स्वरूप में बहुत माहात्म्य है। इस उपनिषद् में देवी को अनेक नवार्ण मंत्र को आनंद और ब्रह्म सायुज्य देनेवाला बताया गया है। देवी के नामों से स्मरण करके 'देव्युपनिषद्' में प्रतिपादन है कि सभी मंत्रों में 'मातृका' मूलाक्षर रूप से रहनेवाली, शब्दों में अर्थ रूप से रहनेवाली, ज्ञानों में चिन्मयातीता और शून्यों में देवी शून्य साक्षिणी हैं।

बृह्वृच उपनिषद्—ऋग्वेदीय 'बृह्वृचोपनिषद्' एक संक्षिप्त उपनिषद् है। इसमें घोषणा है कि सृष्टि से पूर्व एकमात्र देवी ही थीं और उन्हीं से सबकुछ उत्पन्न हुआ। सत्, चित्, आनंद के समान श्रीमहात्रिपुरसुंदरी के तीन रूप हैं—अस्ति, भाति और प्रिय। अस्ति सन्मात्र का बोधक है। भाति चिन्मात्र है और प्रिय आनंद है। उपनिषद् कहती है कि ललिता नाम ही एकमात्र सत्य है, अद्वितीय व अखंड परब्रह्म तत्त्व है। श्रुतियों में वर्णित 'अहं ब्रह्मास्मि' आदि महावाक्यों में षोडशी श्रीविद्या का ही निरूपण है। पंचदशाक्षर मंत्रवाली श्रीमहात्रिपुर सुंदरी को बाला, अंबिका, बगला, मातंगी, स्वयंवर-कल्याणी, भुवनेश्वरी, चामुंडा, चंडी, वाराही, तिरस्कारिणी, राजमातंगी, शुकश्यामला, लघुश्यामला, अश्वारूढ़ा, प्रत्यंगिरा, धूमावती, सावित्री, सरस्वती, ब्रह्मानंदकला नामों से भी पुकारा गया है, जिनमें समस्त देवों का वास है और जो निश्चय ही अपने भक्त को परम पद प्रदान करती हैं।

सौभाग्यलक्ष्मी उपनिषद्—तीन खंडोंवाली ऋग्वेदीय और 'सौभाग्यलक्ष्म्युपनिषद्' का परिशिष्ट सोलह मंत्रोंवाला श्रीसूक्त है, जिसके ध्यान, न्यास, पूजन और यंत्र की विधि प्रथम खंड में है। द्वितीय खंड में योग संबंधी उपदेश है। इसमें बताया गया है कि योग से योग को जानना चाहिए, योग से योग बढ़ता है। जो योगी योग में सदा सावधान रहता है, वह योगी चिरकाल तक आनंद का उपभोग करता है। इस उपनिषद् के तृतीय खंड में दस मंत्रों में शरीर में स्थित नवचक्रों का वर्णन है, जिनका भेदन करने से सभी कामनाओं की सिद्धि होती है। योनि के आकारवाले मूलाधार में ब्रह्मचक्र है, जहाँ सर्प के रूप में स्थित कुंडलिनी शक्ति सोई रहती है और यही भगवती त्रिपुरा का कामरूप नामक पीठ है। छह दलोंवाला दूसरा स्वाधिष्ठान चक्र है, जहाँ पर देवी का उड्यान पीठ है। कोटि-कोटि बालसूर्यों की सी प्रभावाला तीसरा नाभिचक्र है। नीचे की ओर मुख किए अष्टदल पद्म के आकार का मणिपूर चक्र हृदय में स्थित है। चार अंगुल के प्रमाणवाला अनाहत चक्र कंठ में स्थित है। घांटी में चिह्न अर्थात् गले के अंदर के कौआ की जड़ में तथा आगे के दाँतों की जड़ तक चक्र के आकार का तालुचक्र है। द्विदल पद्म में निर्वात दीपशिखा के आकारवाला सातवाँ भूचक्र अँगूठे के परिमाण का है। आठवाँ आज्ञाचक्र है, जो सुई की नोक के परिमाणवाला है और जिसे ब्रह्मरंध्र अथवा निर्वाण चक्र भी कहते हैं। ऊपर की ओर मुख किए षोडश दल पद्म के समान नौवाँ आकाश चक्र है, जहाँ पर पूर्णगिरि पीठ स्थित है। श्रीसूक्त के साथ इस उपनिषद् का नित्य पाठ भी साधक को योगी और ज्ञानी बना देता है।

सीता उपनिषद्—'सीतोपनिषद्' अथर्ववेदीय है। इसमें देवताओं के प्रश्न करने पर ब्रह्माजी ने प्रणव की प्रकृति-स्वरूपा सीताजी के तात्त्विक स्वरूप को बताया है। ब्रह्माजी ने कहा कि अपने प्रथम स्वरूप में सीताजी शब्द ब्रह्ममयी हैं, जो बुद्धिस्वरूपा होकर प्रसन्न होने पर स्वाध्यायकाल में ही साधक को आत्मबोध से परिचित करा देती हैं।

अपने द्वितीय स्वरूप में सीताजी पृथ्वी पर महाराज सीरध्वज जनक की यज्ञभूमि में हलाग्र से उत्पन्न हुईं और तृतीय स्वरूप में 'ईकार' रूपणी अव्यक्त-स्वरूपा कहलाती हैं। इन तीनों स्वरूपों की व्याख्या के साथ इस उपनिषद् में ऋग्वेद, सामवेद तथा अथर्ववेद की शाखाओं का प्रामाणिक उल्लेख है। इसमें बताया गया है कि वेदों में सर्वश्रेष्ठ वैखानस मत है, जो हरि-हर की एकता तथा परम वैखानस श्रीराम का स्मरण करता है। इस उपनिषद् में वेदांगों के साथ अयन, मीमांसा और न्यायशास्त्र का उल्लेख है तथा इतिहास, पुराण, वास्तुवेद, धनुर्वेद, गांधर्ववेद एवं आयुर्वेद को उपवेद माना गया है। सीताजी के स्वरूप के वर्णन के साथ इसमें उन्हें वीर शक्ति और चतुर्भुजा कहा है तथा देवताओं द्वारा पूजित वीरलक्ष्मी भी माना गया है।

श्रीराधिकातापिनीयोपनिषद्—अथर्ववेद का यह उपनिषद् बार्हस्पत्य के नाम से भी प्रसिद्ध है, क्योंकि पूर्वकाल में इसे वसिष्ठजी ने मधुरभाषी बृहस्पतिजी को पढ़ाया था। इसमें आद्या परमपालिका राधाजी की उपासना का उपदेश है। इस उपनिषद् में बताया गया है कि संपूर्ण देवताओं में जो देवत्व है, वह श्रीराधिकाजी का ही शक्ति-स्वरूप है। इसी शक्ति-स्वरूप में संसार के समस्त प्राणी भी अवस्थित हैं। समस्त शक्तियों की अधिष्ठात्री श्रीराधिकाजी को प्रणाम करते हुए 'श्रीराधिकातापिनी उपनिषद्' में बताया गया है कि श्रीराधिकाजी के अंक में लेटे हुए श्रीकृष्णचंद्र अपने शाश्वत विहार स्थान गोलोक का स्मरण तक नहीं करते और कमलोद्भवा श्रीलक्ष्मीजी तथा करुणामयी श्रीपार्वतीजी भी श्री राधिकाजी की अंगरूपा हैं। बारह मंत्रोंवाली इस उपनिषद् के अनुसार श्री राधिकाजी और श्रीकृष्णचंद्रजी वस्तुतः एक ही शरीर एवं परस्पर नित्य हैं, अभिन्न हैं।

श्रीराधोपनिषद्—'श्रीराधोपनिषद्' ऋग्वेदीय है। इसमें मूलतः श्रीराधाजी के स्वरूप और नामों का वर्णन है। एक बार ऊर्ध्वरेता सनकादि महर्षियों के पूछने पर ब्रह्माजी ने कहा कि भगवान् श्रीकृष्ण परमदेव हैं,

छह ऐश्वर्यों में पूर्ण हैं, गोप-गोपियों से सेव्य हैं, अखिल ब्रह्मांड के अधीश्वर हैं। उन्हीं श्रीकृष्ण की आह्लादिनी, संधिनी, ज्ञान, इच्छा और क्रिया आदि बहुत सी शक्तियाँ हैं। इनमें आह्लादिनी शक्ति सर्वप्रधान है और यही परम अंतरंगभूता श्रीराधा है। श्रीकृष्ण इन्हीं की आराधना करते हैं। इसीलिए ये श्रीराधा कहलाती हैं। इन्हें श्रुतियों ने रासेश्वरी, रम्या, सर्वाद्या, सर्ववंद्या, सत्या, सत्यपरा, भुक्तिमुक्तिप्रदा, भव्यव्याधिविनाशिनी आदि २८ नामों से पुकारा है। इनका पाठ करने मात्र से साधक जीवन्मुक्ति पा जाते हैं।

अन्य देव्युपनिषदें—इस श्रेणी में अन्नपूर्णोपनिषद्, कालिकोपनिषद्, गायत्र्युपनिषद्, कालीमेधादीक्षित उपनिषद्, गायत्रीरहस्योपनिषद्, वनदुर्गोपनिषद्, श्रीविद्यातारकोपनिषद्, श्रीसूक्त, सावित्र्युपनिषद् आदि की गणना की जाती है। इनमें प्रधान और मुख्य तत्त्व देवी को माना गया है।

□

शैव उपनिषदें

सदाशिव महादेव को सृष्टि का मूल माननेवाले और 'सर्वं शिवमयम्' का प्रतिपादन करनेवाली कई उपनिषदें हैं। शिव-भक्तों के लिए भगवान् शंकर एक ऐसे देवता हैं, जो कर्म और ज्ञान दोनों में श्रेष्ठतम हैं। अभ्युदय तथा निःश्रेयस अथवा प्रवृत्ति व निवृत्ति दोनों मार्गों के अनुयायियों को महादेव बहुत प्रिय हैं, क्योंकि वे एकमात्र ऐसे औढरदानी और परम करुणामय देवता हैं, जो भक्तों की तुष्टि एवं तृप्ति के लिए किसी नियम और मर्यादा को नहीं मानते हैं। सनातन धर्म में शिव की लिंग-पूजा अति प्राचीन है। भट्टपाद ने कहा है—"एक शतं यजुश्शारवास्तासु रुद्रोपनिषदाम्नायते" अर्थात् यजुर्वेद की सभी सौ शाखाओं में रुद्रोपनिषद् आई हैं। शैव उपनिषदों में भगवान् रुद्र की सर्वश्रेष्ठता, सर्वस्वरूपता तथा ब्रह्मरूपता का पदे-पदे वर्णन मिलता है।

रुद्रहृदयोपनिषद्

कृष्ण यजुर्वेद के बावन मंत्रोंवाले 'रुद्रहृदयोपनिषद्' के प्रारंभ में परमहंस श्री शुकदेवजी ने अपने पिता व्यासजी के चरणों में नमन करते हुए विनय भाव के साथ पूछा, "हे भगवन्, हमें यह बताइए कि सभी वेदों में किस एक ऐसे देवता का प्रतिपादन हुआ है जिसमें सारे देवता वास करते हैं तथा किसी एक देवता की पूजा करने से सर्वदा के लिए सभी देवता मुझ पर प्रसन्न होंगे?" प्रश्न का विस्तार से उत्तर देते हुए

व्यासजी ने कहा कि भगवान् रुद्र ही सर्वदेव-स्वरूप हैं। रुद्रोपासना से ही अंत:करण में स्थित स्वयं ज्योति-स्वरूप सर्वसाक्षी परमात्मा को जाना जा सकता है। रुद्र ही ब्रह्मा और विष्णु-स्वरूप हैं। अग्निषोमात्मक समस्त जगत् भी रुद्र ही हैं। सृष्टि के सभी पुरुष रुद्र-स्वरूप हैं और स्त्रियाँ उमा-स्वरूपा हैं। रुद्र और उमा एक ही शरीर हैं। 'रुद्रहृदयोपनिषद्' में कहा है कि रुद्र ब्रह्मा हैं, उमा वाणी हैं; रुद्र विष्णु हैं, उमा लक्ष्मी हैं; रुद्र सूर्य हैं, उमा छाया हैं; रुद्र चंद्रमा हैं, उमा तारा हैं; रुद्र दिवस हैं, उमा रात्रि हैं; रुद्र अग्नि हैं, उमा स्वाहा हैं; रुद्र वृक्ष हैं, उमा लता हैं; रुद्र अर्थ हैं, उमा अक्षर हैं; रुद्र लिंग हैं, उमा पीठ हैं। इस प्रकार सर्वदेवात्मक रुद्र को किया हुआ नमस्कार पृथक्-पृथक् देवताओं को नमस्कार है।

नीलरुद्रोपनिषद्

'नीलरुद्रोपनिषद्' अथर्ववेद के अंतर्गत मानी जाती है। इसमें भगवान् नीलकंठ की स्तुति है। इस उपनिषद् में कहा है कि भक्तों के कल्याण के लिए ही जिन्होंने हलाहल का पान करके उसे चिह्न रूप से अपने कंठ में धारण किया है, वही सर्वस्वरूप और सर्वव्यापक शिव हैं। इस उपनिषद् की एक विशेषता यह है कि इसमें शिव-विष्णु की एकता की भावना को समझाया गया है। भगवान् रुद्र के संहारक स्वरूप को कल्याणप्रद मानकर उनसे विनती की गई है कि आपके बाण कल्याणमय हैं, आपका धनुष कल्याणकारी है और आपके धनुष की प्रत्यंचा भी कल्याणरूपिणी है। आप ही अपने भक्तों के लिए हरित वर्ण श्री हरि रूप बन जाते हैं।

शुकरहस्योपनिषद्

कृष्ण यजुर्वेद का यह उपनिषद् तीन खंडोंवाली है। प्रथम खंड में आशुतोष भगवान् शंकर का शुकदेवजी को उपदेश है तथा 'तत्त्वमसि' आदि महावाक्यों का क्रमपूर्वक षडंगन्यास वर्णित है। द्वितीय खंड में 'तत्त्वमसि' के प्रत्येक पद के पृथक्-पृथक् षडंगन्यासों की विधि है और तृतीय खंड में चारों महावाक्यों की पद-विन्यासपूर्वक व्याख्या है। भगवान्

शंकर ने मुनिश्रेष्ठ शुकदेवजी से कहा कि जो स्वर प्रणव के रूप में वेद के प्रारंभ में उच्चारित किया जाता है और जो वेदांत में प्रतिष्ठित है, उसकी त्रिमात्रात्मक प्रकृति से परे जो उसका अर्धमात्रा-स्वरूप बिंदु-मात्र है, वह परब्रह्म का स्वरूप है। इसको जाननेवाला सभी पापों से मुक्त होकर कैवल्य पद को प्राप्त करता है।

जाबाल्युपनिषद्

सामवेदी 'जाबाल्युपनिषद्' में पाशुपत मत के अनुसार तत्त्व विचार की प्रस्तुति है। भगवान् जाबालि और महर्षि पिप्पलाद के पुत्र पैप्पलादि के संवाद रूपी इस उपनिषद् का प्रारंभ बहुत सुंदर प्रश्नों के साथ हुआ है। मुनि पैप्पलाद ने जाबालि से प्रश्न किया, "भगवन्, मुझे परम तत्त्व का रहस्य बताइए। क्या तत्त्व है, कौन जीव है, कौन पशु है, कौन ईश्वर है और मोक्ष का उपाय क्या है?" पैप्पलाद ने यह भी पूछा कि आपको यह ज्ञान किस परंपरा से प्राप्त हुआ? जाबालि ने कहा कि महादेवजी की उपासना से यह ज्ञान षडानन श्री कार्तिकेयजी को हुआ और उनसे मुझे मिला। पैप्पलाद के अन्य प्रश्नों के संदर्भ में जाबालि ने बताया कि पशुपति ही अहंकारयुक्त होकर जब सांसारिक जीव बनते हैं, तब पशु कहलाते हैं। सर्वज्ञ महेश्वर को जानने के लिए मस्तक पर विभूति धारण करना चाहिए। भस्म धारण की विधि माहात्म्य और त्रिपुंड की तीनों रेखाओं के अर्थ को जानना चाहिए। यही शांभव व्रत है। त्रिपुंड की प्रथम रेखा गार्हपत्य अग्नि का प्रतीक है, प्रणव का अकार है, रजोगुण स्वरूप है। यह भूलोक, देहात्मा, क्रियाशक्ति, ऋग्वेद, प्रातःकालीन सवन तथा ब्रह्मा का स्वरूप है। द्वितीय रेखा दक्षिणाग्नि है, प्रणव का उकार है। यह सत्त्वगुण, अंतरिक्ष, अंतरात्मा, इच्छा-शक्ति, यजुर्वेद, माध्यंदिन सवन और विष्णु का स्वरूप है। तृतीय रेखा आह्वनीय अग्नि का प्रतीक है। प्रणव का मकार है। यह तमोगुण, द्युलोक, परमात्मा, ज्ञानशक्ति, सामवेद, तृतीय सवन और महादेव का स्वरूप है।

□

योग उपनिषदें

शरीर को साधन मानकर उपासना करना योग का विषय है। वेदों का प्रतिपादन है—'यथा पिंडे तथा ब्रह्मांडे', अर्थात् जो-जो और जैसा-जैसा पिंड शरीर में है, वही-वही और वैसे-का-वैसा ही ब्रह्मांड में है। अत: प्रत्येक प्रकार की साधना-उपासना की यात्रा शरीर से ही प्रारंभ करनी होगी। कुछ विद्वानों का मत है कि उपनिषद् का निदिध्यासन वास्तव में योग का ही दूसरा नाम है। योग के नाम से भी अनेक विधियाँ उपनिषद्-साहित्य में बहुतायत में मिलती हैं। साधक का शरीर, उसकी इंद्रियाँ, मन, बुद्धि, चित्त और अहंकार आदि को सही मायने में योग के माध्यम से समझा जा सकता है। प्रवृत्तिमूलक कर्म को निवृत्तिमूलक कर्म बना देना ही योग का मूल लक्ष्य है और इस लक्ष्य की प्राप्ति के लिए जिन विधियों व पद्धतियों का परामर्श योग में है उन्हीं की संस्तुति अध्यात्म के सभी मार्गों और दर्शनों में मिलती है। इस विचार की पुष्टि उन उपनिषदों से भी होती है, जो मुख्य रूप से योगपरक हैं और योग की पद्धतियों से आत्म-साक्षात्कार का उपाय बताती हैं।

जाबालदर्शनोपनिषद्

सामवेदीय इस उपनिषद् में दस खंड हैं। योग के अंग और दस यमों-नियमों, नौ आसनों, नाड़ी-विज्ञान, आत्मतीर्थ, प्राणायाम, प्रत्याहार, धारणा, ध्यान और समाधि का 'जाबालदर्शनोपनिषद्' में विस्तार से वर्णन

है। योग सम्राट् भगवान् दत्तात्रेयजी से उनके प्रिय शिष्य मुनिवर्य सांकृति ने जीवन्मुक्त होने के लिए योग का विस्तारपूर्वक उपदेश करने का अनुरोध किया। इस उपनिषद् के पहले खंड में योग के आठ अंगों यम, नियम, आसन, प्राणायाम, प्रत्याहार, धारणा, ध्यान और समाधि का वर्णन है। इसमें बताया गया है कि योग की विधि के अतिरिक्त मन, वाणी और शरीर को किसी प्रकार का कष्ट देना वास्तव में हिंसा है। दूसरे खंड में नियमों और तीसरे खंड में स्वस्तिकासन, गोमुखासन, पद्मासन, वीरासन, सिंहासन, भद्रासन, मुक्तासन, मयूरासन और सुखासन का उपदेश है। चौथे खंड में चौदह प्रधान नाड़ियों का विस्तृत उल्लेख है, जिनके नाम सषुम्ना, पिंगला, इडा, सरस्वती, पूषा, वरुणा, हस्तिजिह्वा, यशस्विनी, अलंबुसा, कुहु, विश्वोदरा, पयस्विनी, शंखिनी और गांधारा हैं। इसी खंड में प्राण, अपान, व्यान, समान, उदान, नाग, कूर्म, कृकल, देवदत्त और धनंजय दस प्राणों से परिचित कराया गया है। इस उपनिषद् में शरीर में व्याप्त आत्मतीर्थों का वर्णन है, जो मस्तक में श्रीशैल, ललाट में केदार, नासिका और दोनों भौहों के मध्य काशीपुरी, दोनों स्तनों में कुरुक्षेत्र, हृदय-कमल में तीर्थराज प्रयाग, हृदय के मध्य भाग में चिदंबर एवं मूलाधार को कमलालय तीर्थ के नाम से पुकारा गया है। पाँचवें खंड में नाड़ी और आत्मशोधन की विधियाँ, छठे में प्राणायाम की विधि, सातवें में प्रत्याहार, आठवें में धारणा, नवम् में ध्यान और दसवें में बुद्धि के उदय को समाधि बताया गया है।

ध्यानबिंदूपनिषद्

ध्यान योग की महिमा और स्वरूप बतानेवाली कृष्ण यजुर्वेदीय 'ध्यानबिंदूपनिषद्' कहती है कि ब्रह्म अति सूक्ष्म है। यदि बाल की नोक के पचास हजार भाग किए जाएँ और फिर उसके भी सहस्र भाग के भी सहस्र भाग किए जाएँ तो उसका भी जो अर्धभाग है, उसके समान वह निरंजन ब्रह्म है। आत्मस्वरूप की उपलब्धि के लिए विधिवत् आसन पर

अवस्थित होकर पूरक के द्वारा श्वास को भीतर खींचते हुए नाभि-स्थान में अतसी अर्थात् अलसी के पुष्प के समान नीलवर्ण चतुर्भुज भगवान् विष्णु का ध्यान करना चाहिए। फिर कुंभक के श्वास को भीतर रोके हुए हृदय स्थान में लाल कमल की कर्णिका पर विराजमान लालवर्ण के चार मुखवाले लोकपितामह ब्रह्मा का ध्यान करना चाहिए और फिर रेचक द्वारा श्वास बाहर छोड़ते हुए ललाट में ज्ञान-स्वरूप तीन नेत्रोंवाले शुद्ध स्फटिक के समान उज्ज्वल रंग के निष्कल पाप-विनाशक भगवान् सदाशिव का ध्यान करना चाहिए। इस उपनिषद् में वर्णन है कि सुषुम्ना पथ में स्थित उपर्युक्त वर्णित तीनों कमलों में नाभि स्थान का कमल आठ दलों का है। हृदय स्थान के कमल की नाल ऊपर और मुख नीचे की ओर है तथा ललाट का कमल केले के फूल के समान नील-लोहित है। इन तीनों के ऊपर मूर्ध देश में एक और कमल है। उसमें सौ दल हैं। इस प्रकार एक के ऊपर एक का क्रमशः चिंतन करना चाहिए। इस उपनिषद् के अनुसार, नासिका की जड़ से लेकर दोनों भौंहों के मध्य में जो ललाट है, वहाँ तक अमृत स्थान है और विश्व का महान् परमात्म पद है।

ब्रह्मबिंदूपनिषद्

मन के लय का साधन, आत्मा का स्वरूप तथा ब्रह्म की प्राप्ति का उपाय बताते हुए कृष्ण यजुर्वेद की 'ब्रह्मबिंदूपनिषद्' मन को दो प्रकार का मानती है—शुद्ध और अशुद्ध। कामनाओं और विषय भोगों का संकल्प करनेवाला अशुद्ध मन है। मोक्ष की अभिलाषावाला विषय संकल्प-रहित शुद्ध मन है। इस उपनिषद् के अनुसार विकल्पशून्य, अनंत, हेतु और दृष्टांत से रहित, अप्रमेय तथा अनादि परम कल्याणमय ब्रह्म को जाननेवाला साधक ब्रह्मरूप ही हो जाता है। शब्द ब्रह्म प्रणव भी अक्षर है और परब्रह्म भी अक्षर है। अतः इस उपनिषद् का परामर्श है कि बुद्धिमान पुरुष को चाहिए कि वह ग्रंथ का अभ्यास करके,

उससे ज्ञान-विज्ञान के तत्त्व को ग्रहण करके फिर समूचे ग्रंथ को उसी प्रकार त्याग दे जैसे अन्न चाहनेवाला मनुष्य पुआल को खलिहान में ही छोड़ देता है। ज्ञान दृष्टि प्राप्त करके अग्नि के समान तेजोमय ब्रह्म का अपने में ऐसा अनुभव करना चाहिए कि वह कलाशून्य, निर्मल और शांत परब्रह्म मैं हूँ।

तेजोबिंदूपनिषद्

कृष्ण यजुर्वेद की इस उपनिषद् में कुल तेरह मंत्र हैं। इसमें प्रणव-स्वरूप तेजोमय बिंदु के ध्यान की महिमा के साथ अधिकारी और अनधिकारी की भी चर्चा है। 'तेजोबिंदूपनिषद्' के अनुसार मायिक जगत् से परे हृदयाकाश में अवस्थित यह तेजोमय बिंदु अत्यंत सूक्ष्म है, किंतु उपाय से साध्य है, अर्थात् गुरु की कृपा प्रदान करानेवाला है और साधक को शिवरूपता की उपलब्धि करानेवाला है। इस प्रकार के दुस्तर ध्यान को सफलतापूर्वक वही कर सकता है, जो मिताहारी, अक्रोधी, तटस्थ, जितेंद्रिय, निरहंकारी और दृढ़ निश्चयी है। इसमें वर्णित तेजोबिंदु आनंद-स्वरूप है। संसारी विषयों के सुख से परे है। अजन्मा, अविनाशी, शाश्वत, निश्चल आदि गुणों वाला यह बिंदु कभी स्खलित नहीं होता। यह ब्रह्मस्वरूप है, परात्पर है, अचिंत्य है।

नादबिंदूपनिषद्

ऋग्वेद के तिरपन मंत्रोंवाली इस उपनिषद् में तीन-तीन खंडोंवाले तीन अध्याय हैं। पहले अध्याय के पहले खंड में हंस रूप से ओंकारोपासना की चर्चा है। दूसरे खंड में ओंकार की मात्राओं की व्याख्या है और उनका संबंध उपासक के प्राणांत से जोड़ा गया है। तीसरे खंड में श्रेष्ठ, शुद्ध, व्यापक, निष्कल और कल्याणस्वरूप कहकर ब्रह्म का तात्त्विक स्वरूप और उसके ज्ञान का फल बताया गया है। द्वितीय अध्याय के प्रथम खंड में प्रतिपादन है कि ज्ञानी के लिए प्रारब्ध का कोई अर्थ नहीं

होता। दूसरे खंड में नाद के प्रकारों और तृतीय में नादानुसंधान की चर्चा है। नाद का मन पर प्रभाव, मन का अमन होना और फिर अमनी योगी की स्थिति का वर्णन तीसरे अध्याय में किया गया है।

अमृतनादोपनिषद्

'अमृतनादोपनिषद्' कृष्ण यजुर्वेद का बहुत प्रसिद्ध योग विषयक उपनिषद् है। इस उपनिषद् में प्रणवोपासना, योग के अंग, प्राणायाम की विधि, योग साधना का फल और प्राणों के रंगों का वर्णन है। अड़तीस मंत्रोंवाली इस उपनिषद् का कथन है कि मनुष्य को अपने क्षण-प्रकाशी जीवन को शास्त्रों के अध्ययन और बार-बार उन्हीं के अभ्यास में बिताना चाहिए। प्राणायाम से इंद्रियों द्वारा लाए गए दोष उसी प्रकार भस्म हो जाते हैं जैसे स्वर्णादि धातुओं का मल अग्नि में तपाने से भस्म हो जाता है। यह उपनिषद् कहती है कि जगत् के रूपों को अंधे के समान देखें, शब्दों को बहरे के समान सुनें तथा शरीर को लकड़ी के समान समझें, तभी वह धारणा बन पाएगी; जो समाधि तक ले जाती है। प्रणव की व्याख्या करते हुए इसमें कहा गया है कि प्रणव व्यंजन नहीं है; स्वर भी नहीं है; कंठ, तालु, ओष्ठ और नासिका से उच्चारित होनेवाला भी नहीं है। यह रेफ जातीय अर्थात् मूर्द्धा से भी उच्चारित होनेवाला नहीं है। दोनों ओष्ठों के मध्य स्थित दाँत भी इसका उच्चारण नहीं कर सकते। यह वह अक्षर है जो अच्युत है और नाद के अव्यक्त रूप से प्रकृति में सदा-सर्वदा विद्यमान रहता है। हृदय स्थान का प्राण लाल रंग की मणि के समान है। गुदा स्थान का अपान इंद्रगोप अर्थात् बीर-बहूटी के कीड़े के समान लाल है। नाभि स्थान का समान गाय के दूध के समान स्फटिक मणि की तरह उज्ज्वल है। उदान मटमैला है और व्यान अग्नि शिखा की तरह का है।

□

संन्यास उपनिषदें

वैदिक संस्कृति में वर्णाश्रम व्यवस्था को अत्यधिक महत्त्वपूर्ण माना गया है। जीवन के पुरुषार्थ धर्म, अर्थ, काम और मोक्ष की सिद्धि के लिए आश्रम व्यवस्था का पालन ही धर्म का पालन है। वर्तमान सामाजिक व्यवस्था में यद्यपि बहुत परिवर्तन हो चुके हैं, लेकिन आश्रम व्यवस्था प्रकारांतर से अभी भी प्रचलित है। भारतीय जीवन-दृष्टि के अनुसार ब्रह्मचर्य, गृहस्थ, वानप्रस्थ और संन्यास चारों का समान रूप से आदर किया जाता है। संयम-नियमपूर्वक शिक्षित और दीक्षित होना ब्रह्मचर्य का लक्ष्य है। अर्थ और काम के साथ समाज को दृढ़ आधार देना गृहस्थाश्रम का उद्देश्य है। परिवार से समाज की ओर उन्मुख होना और मोक्ष की तैयारी में लगना वानप्रस्थी से अपेक्षित है और संन्यास का संबंध जीवन के परम पुरुषार्थ मोक्ष से है।

नारदपरिव्राजकोपनिषद्

एक बार परम परिव्राजक देवर्षि नारद परम पवित्र तीर्थ नैमिषारण्य में पहुँच गए और वहाँ पर महर्षि शौनक को संन्यास आश्रम के विषय में विस्तार से बताया। इसी विषय का वर्णन अथर्ववेद की 'नारदपरिव्राजकोपनिषद्' में नौ उपदेशों के माध्यम से किया गया है। पहले उपदेश में नारदजी ने कहा है कि परमहंस अर्थात् संन्यास आश्रम में अच्युत-स्वरूप आत्मा का चिंतन करते हुए जो शरीर-त्याग करता

है, वह मुक्त हो जाता है, वह अवश्य मुक्त हो जाता है। दूसरे उपदेश में संन्यास-ग्रहण का क्रम है। तीसरे में संन्यास आश्रम का स्वरूप, विधि, नियम और आचारों का निरूपण है। चौथे उपदेश में संन्यासी के धर्म का माहात्म्य बताया है। पाँचवें उपदेश में संन्यासियों के प्रकारों का वर्णन है। छठे उपदेश में उन यतियों की जीवनचर्या की चर्चा है, जो तुरीयातीत पद के लिए साधनारत हैं। सातवें उपदेश में सामान्य नियमों के साथ कुटीचक, जो शिखा-सूत्र का त्याग नहीं करते हैं और अपने कुल-कुटुंब वालों को छोड़कर अन्यों के यहाँ भिक्षा नहीं करते है, श्रेणी के संन्यासियों के विशेष नियमों का विस्तार से वर्णन किया गया है। आठवें उपदेश में प्रणव की तात्त्विक चर्चा है और अंतिम नौवें उपदेश में ब्रह्म का स्वरूप और आत्मवेत्ता संन्यासी के लक्षण वर्णित हैं।

कैवल्योपनिषद्

कृष्ण यजुर्वेद के 'कैवल्योपनिषद्' में प्रजापति ब्रह्मा से महर्षि आश्वलायन ने समिधा हाथ में लेकर विधिपूर्वक प्रश्न किया, "हे भगवन्, संतजनों द्वारा सदा सेवित, अत्यंत गुप्त तथा अतिशय श्रेष्ठ ब्रह्मविद्या का उपदेश कीजिए, जिसके द्वारा विद्वान् लोग शीघ्र ही सारे पापों को नष्ट करके परात्पर पुरुष-परब्रह्म को प्राप्त होते हैं।" ब्रह्माजी ने बताया कि परात्पर तत्त्वात्मक उस ब्रह्मविद्या को श्रद्धा, भक्ति, ध्यान और योग से जानने का यत्न करो; क्योंकि उसकी प्राप्ति न कर्म के द्वारा होती है, न संतान अथवा धन के द्वारा। ब्रह्मज्ञानियों ने केवल त्याग के द्वारा अमृतत्व को पाया है। ब्रह्मलोक में वही संयमशील योगी प्रवेश पाते हैं, जिन्होंने वेदांत के सविशेष ज्ञान से तथा श्रवण, मनन और निदिध्यासन के द्वारा परम तत्त्व का निश्चय कर लिया है। ऐसे शुद्ध अंतःकरणवाले योगिजन संन्यास योग के द्वारा ब्रह्मलोक में जाकर कल्प के अंत में अमृतस्वरूप होकर मुक्त हो जाते हैं।

कठरुद्रोपनिषद्

संन्यास की विधि और आत्म-तत्त्व का वर्णन करनेवाली कृष्ण यजुर्वेद की 'कठरुद्रोपनिषद्' में तैंतालीस मंत्र हैं और इसमें भगवान् प्रजापति ने ब्रह्मविद्या का उपदेश देवताओं को दिया है। इस उपनिषद् के अनुसार, ब्रह्मचारी के रूप में पहले वेदाध्ययन करें, फिर विवाहपूर्वक पुत्रों को उत्पन्न करें। पुत्रों को सुसंस्कृत बनाएँ और यथाशक्ति यज्ञ-हवनादि करें, फिर गुरुजनों से अनुज्ञा प्राप्त करके संन्यास ग्रहण किया जा सकता है। संन्यासी के आचरण के नियमों को बताते हुए कहा गया है कि अन्नमय आत्मा से सूक्ष्म प्राणमय आत्मा है, प्राणमय आत्मा से मनोमय आत्मा सूक्ष्म है, मनोमय से भी सूक्ष्म विज्ञानमय आत्मा है; लेकिन सबसे अधिक सूक्ष्म आनंदमय आत्मा है, जो साक्षिरूप सर्वव्यापी और सर्वांतर्यामी ब्रह्म के द्वारा पूर्ण है। उपनिषद् कहती है कि विषय तापक हैं और चित्त ताप्य है। चित्त और विषयों से यह अखिल विश्व विभासित हो रहा है। वेदांत के ज्ञान से यह प्रत्यगात्मा के रूप में भासित होता है। शुद्ध-बुद्ध-मुक्त स्वभाव ब्रह्म, ईश्वर-चैतन्य, जीव-चैतन्य, प्रमाता, प्राण, प्रमेय व फल सप्तविध तत्त्व हैं और मायाकृत उपाधियों के कारण मुक्त ब्रह्म शुद्ध चैतन्य प्रतीत होता है। माया के संबंध से वही ईश है। अविद्या के वशीभूत होकर वही जीव है। अंतःकरण ही उसे प्रमाता, ज्ञाता बनाता है और इसकी वृत्ति के संबंध से वह प्रमाण संज्ञा को प्राप्त करता है। वह चैतन्य जब तक अज्ञात है, तभी तक प्रमेय बना हुआ है और वही ज्ञात होने पर फल कहलाता है।

आरुणिकोपनिषद्

सामवेद के इस उपनिषद् में केवल पाँच मंत्र हैं। इसमें संन्यास ग्रहण की विधि तथा संन्यास के नियमों का संक्षेप में वर्णन है। अरुण के पुत्र आरुणि को ब्रह्मलोक में ब्रह्माजी का उपदेश है कि संन्यासियों को काम, क्रोध, हर्ष, रोष, लोभ, मोह, दंभ, दर्प, इच्छा, परनिंदा, ममता, अहंकार

आदि के साथ विधिपूर्वक अपने माता-पिता, पुत्र, अग्नि, उपवीत, कर्म, पत्नी और अन्य सबकुछ का परित्याग कर देना चाहिए। संन्यासी को साधना में सदा जाग्रत् रहकर निष्काम उपासक की भाँति तथा आकाश में तेजोमय सूर्यमंडल की भाँति परम व्योम में चिन्मय प्रकाश द्वारा सर्वत्र व्याप्त भगवान् विष्णु के परमधाम का चिंतन करना चाहिए।

□

अन्य महत्त्वपूर्ण उपनिषदें

महोपनिषद्

छह अध्यायोंवाली सामवेद की महोपनिषद् कई दृष्टियों से अनूठी है। सृष्टि प्रकरण, जीवन्मुक्ति और विदेह-मुक्ति के लिए निदाघ को उसके पिता ऋभु के उपदेश के साथ इसमें अज्ञान और ज्ञान की सात भूमिकाओं का वर्णन है। प्रथम अध्याय में कथन है कि सृष्टि से पूर्व एक नारायण ही थे। उस समय न ब्रह्मा थे, न रुद्र, न जल था, न अग्नि और न सोम। ये द्युलोक व भूलोक भी नहीं थे और न नक्षत्र, सूर्य और चंद्रमा थे। उस परम पुरुष का अंत:स्थ संकल्प रूपी ध्यान ही 'यज्ञस्तोम' नामक महान् यज्ञ कहलाया। उससे चौदह पुरुष और एक कन्या उत्पन्न हुई। दस इंद्रियाँ, मन, अहंकार, प्राण व आत्मा को चौदह पुरुष कहा गया है और बुद्धि को कन्या। इनके अतिरिक्त पाँच भूत रूपी तन्मात्राओं तथा पाँच महाभूत मिलकर उस विराट् पुरुष का पच्चीस तत्त्वोंवाला शरीर बना। दूसरे अध्याय में मुनीश्वर श्री शुकदेवजी को विदेहराज जनक का उपदेश है, जिसमें साक्षीभाव से कैवल्य स्थिति का रोचक वर्णन है। शेष चार अध्यायों में ऋभु का उनके पुत्र निदाघ को उपदेश है जिसमें वैराग्य का स्वरूप, चित्त की स्थितियाँ, ज्ञान-अज्ञान की सात भूमिकाओं आदि के वर्णन के साथ यह भी बताया गया है कि साधक को चार प्रकार के निश्चय करने चाहिए। पहला निश्चय है—''पैर से लेकर सिर तक मेरी सृष्टि माता-पिता के द्वारा हुई है।'' दूसरा निश्चय

है—"मैं सब प्रकार के सांसारिक भावों से परे बाल के अग्रभाग से भी सूक्ष्म आत्मा हूँ।" तीसरा निश्चय है—"मैं समस्त जगत् के पदार्थों का आत्मा हूँ, सर्वस्वरूप हूँ और अक्षय हूँ।" चौथा निश्चय है—"मैं अथवा यह समस्त जगत् सारा-का-सारा आकाशवत् शून्य है।" इनमें पहला निश्चय बंधन में डालनेवाली तृष्णा से युक्त है और शेष तीनों स्वच्छ और शुद्ध तृष्णा के हैं। इन निश्चयों का चिंतन-मनन साधक के चित्त को विषय-विहीन करते हैं और वह उपलब्ध कराते हैं, जो वस्तुतः आत्मा का स्वरूप है और समस्त वेदांत का सार है।

कौषीतकिब्राह्मणोपनिषद्

ऋग्वेद का 'कौषीतकिब्राह्मणोपनिषद्' अत्यंत महत्त्वपूर्ण है, क्योंकि इसके उद्धरणों का उपयोग आचार्य शंकर सहित अनेक भाष्यकारों ने किया है। इस उपनिषद् की पर्यंक विद्या और प्राणोपासना के उपदेश ने सहस्रों साधकों को प्रेरणा दी है। 'कुत्सितं सीतं यस्य सः', अर्थात् जिसके लिए सांसारिक सुख अत्यंत हेय हैं, उसे कुषीतक कहते हैं। ऐसे कुषीतक के पुत्र को कौषीतकि कहा जाता है। इस उपनिषद् के प्रथम अध्याय में ब्रह्माजी के लोक और वहाँ पहुँचानेवाले मार्ग का विस्तृत वर्णन है। कौषीतकि ऋषि ब्रह्म को प्राण की संज्ञा देते हैं और एक राजा के रूप में प्राण के स्वरूप को बताते हैं। मन को प्राण का दूत, वाणी को रानी, चक्षु को मंत्री तथा श्रोत्रेंद्रिय को द्वारपाल कहते हैं। प्राण सभी इंद्रियों से परे है। प्राण और संचित कर्ममय अग्नि को अभिन्न एवं आत्मस्वरूप मानकर अध्वर्यु नामक ऋत्विक् को अपना संस्कार करना चाहिए। उस प्राण में ही यजुर्वेद साध्यकर्मों का विस्तार यजुर्वेद साध्य कर्म वितान में, होता ऋग्वेद साध्य कर्मों का ऋग्वेद साध्य कर्म वितान में तथा उद्गाता सामवेद साध्य कर्मों का विस्तार करता है। इस त्रयी विद्या की आत्मा प्राण ही है। अन्य उपासनाओं के उल्लेख के साथ मोक्ष के लिए प्राणोपासना को श्रेष्ठ बतलाया है। तृतीय अध्याय में इंद्र-प्रतर्दन

का रोचक संवाद है जिसमें प्रज्ञास्वरूप प्राण की महिमा है और अंतिम चौथे अध्याय में 'बृहदारण्यक' के दूसरे अध्याय में वर्णित अजातशत्रु और गार्ग्य का वही संवाद है, जिसमें अनेक उपासनाओं का उपदेश सुनकर अजातशत्रु ने बालाकि गार्ग्य को आत्मज्ञान कराया। सबसे अंत में इस उपनिषद् में प्रतिपादन है कि इंद्र असुरों से तभी तक पराजित होते रहे जब तक उन्हें आत्मज्ञान नहीं हो गया।

महानारायणोपनिषद्

कृष्ण यजुर्वेद के तैत्तिरीय आरण्यक के अंतिम अर्थात् दसवें प्रपाठक को 'महानारायणोपनिषद्' कहा जाता है। इस उपनिषद् का प्राचीन नाम याज्ञिकी उपनिषद् है। भट्ट भाष्कर और सायण इसे तैत्तिरीय आरण्यक का खिलकांड कहते हैं। इस उपनिषद् में कर्मकांड के मंत्रों का सुंदर संकलन है। आचार्य शंकर ने यद्यपि इस पर भाष्य नहीं लिखा, लेकिन ब्रह्मसूत्र के भाष्य में इसके उद्धरण दिए हैं। 'महानारायणोपनिषद्' में रुद्र के लिए दो गायत्री मंत्रों के साथ गणेश, नंदी, षण्मुख, गरुड, ब्रह्म, विष्णु, नृसिंह, आदित्य, अग्नि और कात्यायिनी दुर्गा के गायत्री मंत्र मिलते हैं। तेरहवें अनुवाक में नारायण की तथा सोलहवें से पच्चीसवें अनुवाक तक लिंग-स्वरूप से महादेव की महिमा का वर्णन है। प्रसिद्ध तथा लोकप्रिय गायत्री मंत्र पैंतीसवें अनुवाक में आया है। अड़सठवाँ अनुवाक प्रणव की महिमा के लिए है। अठत्तरवें अनुवाक में धर्म-पालन को कर्तव्य और उन्यासीवें अनुवाक में धर्म को ही मोक्ष का कारण गाना गया है।

गर्भोपनिषद्

गर्भ की उत्पत्ति और उसकी वृद्धि का पदे-पदे विवरण देनेवाले कृष्ण यजुर्वेद की 'गर्भोपनिषद्' एक प्रकार से विज्ञानपरक उपनिषद् है। पिप्पलाद ऋषि द्वारा प्रकट करने के कारण इसे 'पैप्पलाद मोक्षशास्त्र' भी कहा जाता है। शरीर को पंचात्मक कहते हुए इसमें बताया गया

है कि शरीर में जो कठिन तत्त्व है, वह पृथ्वी है; जो द्रव है, वह जल है; जो छिद्र है, वह आकाश है; जो उष्ण है, वह तेज है; जो संचार करता है, वह वायु है। इनमें पृथ्वी धारण करती है, जल एकत्रित करता है, तेज प्रकाशित करता है, वायु अंगों को यथास्थान रखता है और आकाश अवकाश प्रदान करता है। गर्भ में जीव अपने पूर्व जन्मों का स्मरण करता है और बार-बार संकल्प करता है कि यदि मैं योनि से छूट गया तो अशुभ कर्मों का नाश करनेवाले और मुक्तिरूप फल प्रदान करनेवाले सांख्य व योग का अभ्यास करूँगा। मैं ब्रह्म का ध्यान करूँगा। 'गर्भोपनिषद्' के अनुसार, ज्ञानाग्नि, दर्शनाग्नि और जठराग्नि के कारण देह-पिंड का नाम शरीर है। ज्ञानाग्नि शुभाशुभ कर्मों का बोध कराती है, दर्शनाग्नि रूपों को दिखाती है तथा जठराग्नि खाए, पिए, चाटे और चूसे हुए भोजन को पचाती है। इस प्रकार शरीर संबंधी अनेक रोचक विवरण इसमें वर्णित हैं।

सूर्योपासना की उपनिषदें

सामवेद की 'सावित्र्युपनिषद्' में सविता एवं सावित्री की सर्वव्यापकता, सावित्री के चार पाद और सावित्री की उपासना के फल के साथ बला और अतिबला विद्याओं का वर्णन है। अथर्ववेदीय 'सूर्योपनिषद्' आदित्य की उपासना और सूर्य मंत्र के माहात्म्य को बताती है। कृष्ण यजुर्वेद के 'अक्ष्युपनिषद्' नेत्ररोग को नष्ट करनेवाली सूर्योपासना के साथ ब्रह्मविद्या का उपदेश देता है तथा चाक्षुषी विद्या का उद्‍घाटन 'चाक्षुषोपनिषद्' करती है। ये सभी सूर्य उपनिषद आज भी बहुत साधकों की नित्य उपासना से जुड़े हुए हैं।

□□□